七等生

銀波
翅膀。

【出版前言】

削廋卻獨特的靈魂

生命裡不免會有令人感到格格不入的時候，彷彿趔趄著從一眾和自己不同方向的人羣中穿行而過。然而如果那與己相逆的竟是一個時代、甚至是一整個世界，這時又該如何自處？一生以叛逆而前衛的文學藝術屹立於世間浪潮的七等生，就是這樣一位與時代潮流相悖的逆行者。他的創作曾為他所身處的世代帶來巨大的震撼、驚詫、迷惑與躁動，而那也正是世界帶給他孤獨、隔絕和疏離的劇烈迴響。如今這抹削廋卻獨特的靈魂已離我們遠去，但他的小說仍兀自鳴放著它獨有的聲部與旋律。

該怎麼具體描繪七等生的與眾不同？或許可以從其投身創作的時空窺知一二。在他首度發表作品的一九六二年，正是總體社會一意呼應來自威權的集體意識，甚且連文藝創作都被指導必須帶有「戰鬪意味」的滯悶年代。而七等生初登文壇即以刻意違拗的語法，和一個個讓人眩惑、迷離的故事，展現出強烈的個人色彩與自我內在精神。成為當時一片同調的呼聲中，唯一與眾聲迥異的孤鳴者。

也或許因為這樣，讓七等生的作品一直背負著兩極化的評價；好之者稱其拆穿了當時社會表象的虛偽和黑暗面，凸顯出人們在現代文明中的生存困境。惡之者則謂其作品充斥著虛無頹廢的個人主義，乃至於「墮落」、「悖德」云云。然而無論是他故事裡那些孤獨、離羣的邊緣人物，甚或小說語言上對傳統中文書寫的乖違與變造，其實都是意欲脫出既有的社會規範和框架，並且有意識地主動選擇對世界疏離。在那個時代發出這樣的鳴聲，毋寧是一種挑釁，也無怪乎有的人視之為某種異端。另一方面，七等生和他的小說所具備的特殊音色，也不斷在更多後來的讀者之間傳遞、蔓延；那些當時不被接受和瞭解的，後來都成為他超越時代的證明。

儘管小說家此刻已然遠行，但是透過他的文字，我們或許終於能夠再更接近他一點。印刻文學極其有幸承往者意志，進行「七等生全集」的編輯工作，為七等生的小說、詩、散文等畢生創作做最完整的彙集與整理；作品按其寫作年代加以排列，以凸顯其思維與創作軌跡。同時輯錄作者生平重要事件年表，期望藉由作品與生平的並置，讓未來的讀者能瞭解台灣曾經有像七等生如此前衛的小說家，並藉此銘記台灣文學史上最秀異特出的一道風景。

1980年代的七等生

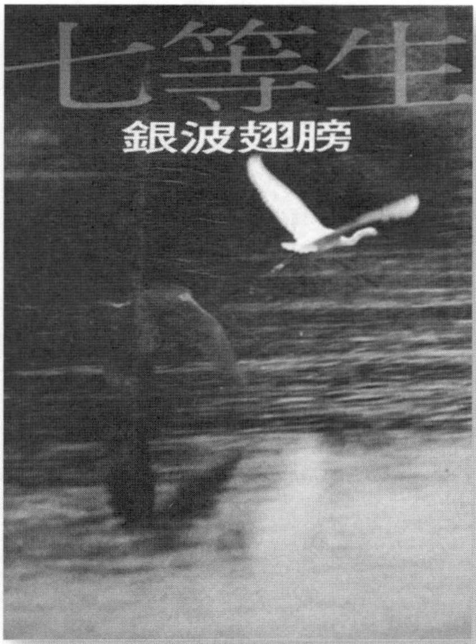

1980年《銀波翅膀》，遠景（初版）

1984年洪範版《老婦人》（初版）

目錄

【出版前言】削度卻獨特的靈魂 002
銀波翅膀 009
途經妙法寺 023
夏日故事 037
等待巫永森之後 050
老婦人 059
幻象 071
憧憬船 082
我的小天使 092
哭泣的墾丁門 100
木鴨、沙馬蟹和牛仔的故事 110
李蘭州 117

真真和媽媽 122
克里辛娜 126
行過最後一個秋季 132
垃圾 181
連體 192
環虛 202

銀波翅膀

一個有霧的午後，盧生遽然自生地看到一個友人的形象走來，他的外表閒散，但面目卻帶著詭譎的探索。這是盧生自去年來到海濱的小學校任教以來首次有訪客前來。盧生原是城市裡的一所中學的資深教師，他的妻子發現他與一位年輕的女教師產生戀情，將此事告到校長那裡去，當校長將那位女教師解聘時，盧生憤慨地同時辭職，但幾經另謀職業的奔波後，他疲倦而心灰意冷，斷然獨自到這個偏遠的海濱的小學校權充一名教員，暫時擺脫了和妻子在家裡的不愉快。這個前來的人是盧生久遠前的好朋友，曾在城市結伴交遊過一段頗長的時光，那是在他們年輕又富幻想的時代，另外還有一些人，形成一種好酒消沉而喜樂忘憂的小團體，然後生活把他們衝散了，各奔前程成家立業去了。這時是春天，陰雨而潮濕。當他出現在操場的一端向校舍這邊走過來時，彷彿他是在灰霧中從天空降下的；那天的確在中午過後，柔軟的陽光開始被陣陣移動而來的灰雲遮住了，然後下著一會兒沒有聲響的毛毛細雨，雲霧從右鄰堤防外的海洋自由地翻捲上升，佈滿在海岸和村舍的空際，木麻黃樹林和這漁村的屋瓦都變灰了，更遠的景物就看不見了，而他突然降臨。

盧生原在教室裡，午後的教學已使他感到倦煩，他轉頭從敞開的窗戶看到他走來。於是他走出站在走廊上等著他。盧生英俊的臉上展著笑容，他的頭習慣性地低傾著，但眼睛卻瞪著那人走近。

「我就知道，除了你，還能是誰？」

他們面對面時，盧生笑容可掬的高興說。

「你好嗎？盧生。」那個人望著他說。

「我告訴你，我是自由了。」盧生說。

「那是再好不過的事。」他贊同地說。

「我們多久不見了？」盧生問道。

「好久好久了，你應該記得我們分手的情形。」

「我當然記得，那時我們都醉了。」

「你為何有時間來？」盧生又說。

「靈感，我們都有互通的靈犀。」

「是的，我們自來總憑著靈感交往著。」

「那就對了，我現在就在你的面前，你需要時，我就來了，不是嗎？」那人說。

「是的，你看這是一個優美的地方，我沒有想到我會在這樣的地方一個人生活著。」盧生說。

「你說優美？」

「當然，我這樣認為，你不以為然嗎？」

「這種地方我熟悉透了，海水，新鮮空氣，鄉下人雜亂的屋舍，骯髒的小道，還有你會說他們誠實的面孔，其實是腐蝕性的魯鈍，多疑的心地。這是使你喜愛的理由嗎？」

「即使不是這種理由，你知道，我有我私自的理由。」盧生仍然愉快地說。

他們相見心情頗為快慰，但不免像昔日一樣展開一場爭論。他們大致意見相同但仍有少處差異的對所謂鄉間的一切的感想。他在探試盧生在此地的生活是否快樂和滿意，而他發覺盧生對鄉間的讚美無非是對自己的一番遭遇的嘲諷。他知道盧生會把它當作暫時的退避之地，他會再找機會回到城市去，在那裡不止是他應付出的責任所在，而且可以靠勤勞得到優厚的薪酬，以供他排遣他猶健壯的生命所發放的熱情。而熱情和慾望是一個人生命的詩章。

一刻鐘後，小學生列隊離開學校回家，盧生準備將他的這位朋友帶往他在附近租居的房子。

盧生從辦公室走出來和他並排地走到此時空曠無人的操場，他們在雲霧的覆蓋下親密地交談著。

「我真的高興你此刻來。」盧生說。

「你這一切的感覺如何？」那人問道。

「很好，真的很好，」盧生停頓一下。他繼續說：「你知道，我說很好，是真的很好。我感到從未有過的輕鬆，這是指婚後而言；我的婚姻，還有那三個孩子……你知道，我現在單獨獲得了幾近完全的寂靜，慾望離我而去，我最近寫了幾首詩，並且每天札記一些生活感觸……很美，我感覺這是極恬靜的生活，對我而言是最佳的生活，我的意思是對一個一生勞碌又沒有專志成就的人而言，有一個能夠暫脫形式生活的束縛是彌足珍貴的事。你知道，我原可找到其他中等學校任教，但那些繁瑣的枝節我厭煩了；但我現在覺得我的判斷沒有錯，我來這裡是對的，對我的身心獲益不少……我想到我現在能一個人單獨地生活在偏遠的一隅，我就會情不自禁地感到一股解脫的自由和快樂……我明白你來看我的意思，我沒有你想像的那麼糟糕，我不是會誇飾的人，我完完全全能適應這種單調乏味的生活，除非情勢使然不得不被迫回到城市，我想我會一直留住在這樣的地方。」

　　這是盧生的肺腑之言，但他的傾出使他突然停頓沉默了；他對自己的吐露感到驚疑之至。於是在他的臉上現出慘淡悽苦的笑容，羞赧地把身體轉來轉去。這時，他們的肩膀由於靠近，相互撞擊摩擦著，首先像是輕微而無意的，漸漸地像是有意而變為猛烈，彷彿一個軀體蓄意地要擠進另一個軀體，情勢變得越來越為急迫。此時已是黃昏，霧靄的空際中響起像潮水般澎湃的音樂聲響，原本隱形於宇宙的透明的幽魂舞踊般地現形了，直到他們兩體的撞擊合併完成，一切又恢復為寂靜。

　　這時盧生因窒悶而困難地喘息著，每當一日的工作完畢邁步回巢時，這種急喘的掙扎便會發生。他孤獨地橫過操場的草地，斜斜地轉頭向堤岸那邊的廣大天邊做了一個驚疑的瞥視，彷彿害怕天會低陷蓋在他的頭上。這是他在城市生活裡所沒有的警覺，因為在城市永沒有天空的知覺，而他依然還未掙脫城市生活的昏噩。當他步上操場邊陲新建的籃球場時，他站在籃球架下面，舉頭望著突出板外的鐵質環圈，像是在等候下墜的一個籃板球。他曾是運動的健將，在大學他是系裡的籃球隊員，他的一位同父異母的妹妹在幾年前還是國內最好的籃球隊的前鋒球員，自她退休後，他在電視轉播的籃球賽中再也看不到她。那時每次看到她出賽的情形，他就熱淚滿盈。他的父親逝世之前曾約談過盧生，他的記憶中，他只見過父親兩次，而在這最後的一次交談中，他放棄了他做為長子所有應得的權益。他的母親沒有生下女孩子，所以他對那位同父異母的妹妹具有特殊的好感。

然後盧生從圍牆的缺口走到鄉村的石子路，他低垂著頭，對路旁的幾家新建的水泥樓房，和那敞露的俗豔的客廳佈置，連看都不看一眼。他轉進一條小巷子，一座老式的磚瓦房屋顯現在眼前，這是一個在過去中等規模的農漁人家的房子，前院是水泥地，旁邊樹下有一座抽水井，年輕的一輩都到城市發展成家去了，留下一個無伴的老人看家。盧生走近來時看到那位和善的老頭蹲在屋簷下剝花生。這老頭非常高興有盧生這樣溫馴和教養的男人來共住這一幢半廢的屋宇。盧生和這舒坦的老人例行地打招呼後，便由大廳門口進入，走到分隔在右邊的一間臥室。那裡他鋪有一張粗糙的暗紅地氈，設有一張低矮的書桌，上面堆放著二三十本書，另有一張配合書桌的藤椅，他睡眠用的行軍床擺在靠牆的一邊，上面有布巾覆蓋著棉被。他脫掉鞋子坐進那張唯一的椅子裡，點燃一支香煙，沉靜地等待夜晚的來臨。

之後，那個男人經常出現前來與盧生在一起，大都是星期三的下午臨近黃昏的時候，他的來到總是帶給沉默寡言的盧生一點莫名的生活的喜悅。他穿著一件深藍色的運動夾克，一條灰褲子，臉上戴著太陽眼鏡，表情總是和善和開朗，與憂鬱的盧生恰成對比，但是當他和盧生站在一起時，二個人卻混合成一種難以描摹的奇特的形象，他們外表的個別差異仍能給人一種氣質相同的孿體的印象。他和盧生在走廊勾肩搭臂，一面說一面笑時，凡是曾經在他第一次降臨看到他而產生驚擾的人，此刻都不再感到稀奇了。他已連續在這幾個星期都來過，有一次碰巧學校開完校務會議後舉行會餐，全體教職員好客地歡迎他入座，盧生拉他坐在旁邊，那時覺得他奇怪的人都幾乎把他看得清楚了。盧生向同事們介紹說，他也是一位教師，住在鄰鎮。是的，他和所有的人沒有什麼區別，在這個生活的世界裡，除了不為人知的內在外，一切的表面事物似乎是乏善可陳的。在那一次的會餐中，他和盧生的同事們互相敬酒，彷彿他也是他們中的一員，一起談論學校中所可能產生的奇怪而拗人性的規定，然後在唏噓的酒嚷中吞到肚子裡消失了。這種吃喝的場合總是喜笑和樂的，始終在半真半假的標榜或譏諷的話題中進行，甚少談論嚴肅的問題，彷彿每個人都能約制何種事體不能做認真的交談，維持一種和諧而膚淺的同事之間的關係。而這種永不傷感情的關係似乎可以保持千年恆久不變，也甚少受外界的更動或刺激而改變這種形式。在這狀如歡樂實是空寞的小天地裡，只有他和盧生卻息息相關，他隨時隨刻無不在細心偵察盧生外表舉動的內在因素，在他的眸光和鼻息中辨識出涵蘊久遠歷程的意義。他時時暗示盧生不要漫無節制地沉淪在掩蓋孤志的酒肆之中，可是盧生卻故意違逆地表現出一種隨和與順從他人的態度，且希望由這一表現激勵他自己內在的思想之光。那次酒餚之食延至夜晚猶未罷席，不斷地有在地的鄰客前來助飲，每每都能引發出一場虛誇的興潮，盧生默默如羔羊，直到他把他拖至屋外，勸解他必須離去。但頃刻有人追出，並來到他租屋的所在登門呼喚盧生，而他依然順服地與他們牌賭至黎明。

另有一次，他來時盧生即當面告訴他說，他馬上要和同事們前往附近一處叫頂庄的村落去喫飲，並且說他來得正好可與他一同去。

「何事去喫飲？」他問盧生。

「據說那邊在拜拜。」盧生說。

「那邊何事在拜拜？」

「這事你總應該知道，大概是神的生日。」

「神生日？什麼神？」

「我不知道什麼神，他們要我去，我不好意思不去。」

「你總要問清楚是什麼神。」

「你知道，我並不計較那麼多，什麼神與我沒有什麼關係，我是去喫飲，不是去拜神，所有的人也都是如此，你總知道我的為人……」

「盧生，你不要去，我們可以好好在屋子裡談談，補償上一次，不是嗎？」

交談之中有一位爽朗的男同事從走廊經過，看到盧生和他的朋友在談話，便招呼他，要盧生等一下也把朋友一同攜去。這位男同事步伐健飛，理直氣壯地命令了之後，就走開了。

盧生說：「你現在看到了罷，你總該明白我在這裡任何大小事情，都無法明明白白地馬上顯示我個人的肯確態度，像類似喫飲的好事，更加無法不表示喜悅和贊同。」

「但這種喫飲有何趣味呢？」

「我的朋友，當你說到趣味來，做為一個人要是認真的去思考，沒有一樣事是有趣味的，凡是做過的事，沒有事後不反悔的。」盧生慨然地說。

「那麼你去我不去了。」他說，並且準備轉身離去。

盧生把他拉住。

「等一下，你知道，我內心也十分厭煩這類的喫飲。」

「那麼何不不去，如要飲酒，我們可以敘飲一番。」

「我當然願意這樣，但是你還不明瞭我的話，如果你為我設身處地著想的話，你就不會勸止我去做那些也頗富於情理的事。」

「盧生，你的所謂富於情理是指何而言？」

「你聽我說，無論人與人之間多麼有差異的區別，有些事是有共義的存在；譬如神的生日設喫飲的事而言，各地習俗普遍相同，這一村到另一村互相交流，相等於安排生活的消遣。就功利的觀點來看，我這沒有家庭溫暖的人可以省掉了自己去做一餐飯，對那些每天都要乖乖地回到家裡去吃單調的晚飯的人，可以有一次解除苦悶的豪放；所以他們看重這類喫飲的事，不去參與等於昧於人事，為何我們何樂不為呢？」

於是他們加入了前往的行列邁往頂庄，在路上又與其他同樣目的步往的人匯集成浩蕩的一羣；到了頂庄各街各巷都壅塞著來自他地的食客。他們早就忘掉了這是為何神而來喫飲，因為相識而招呼交談的人，並不談神的話，而只關照人間的事。他們早已安排好先到那一家，再到那一家，盧生甚至不知道神在何處，他漠不關心地與眾人飲到夜深，都酩酊大醉了。此刻，每個人似乎孿痛快地也心甘情願地步上回程，且在途中互相告別分手了；如此一天的逝去，猶如人一生的消失。

某夜，在地的幾位中學生到他的屋舍來請教數學和物理的問題離去後，盧生打開電視機，坐在藤椅裡觀看影集《星際爭霸戰》。這是一個能引起他興趣的電視節目，他認為這個節目有認知和想像的啟示性，猶如那架企業號的太空船在星際間不斷的飛航是為了探索新的人類和新文明，其中他對史波克那個角色充滿了好奇和喜愛，對他怪異的耳朵和解答諸種奧祕問題的能力感到無上的欽慕。盧生想：在這漫漫長程的宇宙的冒險中，唯靠那種舊時代的勇氣是毫無用處的，在情節的進行中也只有例行公式而已，最重要的是知識和技術。包括過去被時間埋藏消失的，和包括對未來可能產生的，以及現在存於世界的幻象的評估和解答，史波克能靠他身體的觸覺明瞭機械物體的本質。他常常迷醉在這個節目爭論本源的邏輯語式中。當節目結束後，他總默然坐在椅子裡，回思史波克對一個惡魔般的科技所創造的物體做探尋和知覺的虔敬的擁抱動作，他的表情總是嚴肅的，他的思索的眼睛使人感動。他想人類將來在星際宇宙的存在地位必須賴像史波克這樣的人物，而他的溫和更令盧生產生好感；史波克始終沒有中國所謂知識份子的玩世不恭和盛氣凌人的那種高傲自負與好大喜功而實是一種虛張聲勢毫無作為的態度，彷彿他也知道自己生命的渺小、能力的有限，因此使他顯露慎思和服從任務的使命；他看來幾乎沒有人類那種情感起伏的急躁和昏噩驚慌的面貌，他在我們的眼光裡像是一個諸種動物的混合體，但是這種特徵不會妨礙他代表知識的化身，起碼比出現在螢光幕上發出傲慢聲音的偏激而冷酷的機械猶勝不知幾百倍。盧生不知不覺陶然在猶如自身就是史波克的幻想中，直到木門上有搔撩的響聲，他始驚醒過來。

他起身輕推那個薄木板門，他看到一個精緻巧妙的綠色體的小機械物，不，那是一隻金龜蟲，剛才牠正想用牠細瘦的腳臂忙亂地傾盡全力要推開門，只因這門並不能完全密合，還留有一條透光的縫隙，當門扉移開後，這小金龜蟲即迅速地從黑暗的一面爬行到面對房裡的有光的一面。盧生看見牠，好笑地說：

「是你，我幾乎要想到是他，這麼晚我不能相信他惡作劇地又來訪，前天他才從我這裡回去，要到下星期三才會如約地再來，另外我更不能期望有別人。原來是你。如不是你，也不可能是愛麗，我已經寫信告訴她我們的關係終結了，這已經是去年年底的事，她已經找到新的工作，她在城市我在鄉下，兩相遠隔就是兩相為難。有一度她想來和我住在一起，但我幾度思慮之後覺得這樣會喪失我自我放逐的意義，況且她年輕漂亮，她不會持續不減對一個窮困的隱居的半老的教師感到悅樂之情。至於他，他只勸我做些我漸感懈怠的事，我心有餘而力不足了，即使是躲藏在偏僻的鄉村十分悠閒，我還是逃不開現實的俱足的滿足，因為肉體的渴慾勝於一切精神和意志，我對他的解釋，他也不得不贊同我的做法：他要我成聖，而我卻只是一個不幸的平凡身，他明白的，我知道有一天他會放棄的，這一天不遠了。我對於自從離開城市後所發生的遭遇感到驚奇，可是我更感疑惑的是我似乎是一個宿命論者，為了內心的平靜，我要藉託過去為我所非議的宿命來安慰；就像我從來沒有獲得父子之情一樣，我內心不滿的空隙太大了，我越想去尋求填補的途徑，卻發現越追索而越發覺那空隙越大，那絕不是我想像的那有形的容積，倒是更像這昂首凝望的宇宙的空洞，太空船越航行越發覺天際的浩大無疆，我身陷此處，猶如人類寓居於地球，這是宿命……」

盧生凝望那精小的不速之客，覺得牠剛才的舉動似乎很不自量力。但牠看起來卻是頗為潔美，綠色的外殼能反射燈光，牠是為了表現牠的美麗所以尋光而來的。盧生俯視牠，對牠自覺有一股可憐之情，因為牠耗費全力都不能推開他只須一指輕撥的門扉。

「我和你是否可以找到互通的語言？」

小金龜蟲安靜地貼牢在門板上，與盧生的肚臍位置相等的高度。牠似乎已經滿足於牠受光照射的榮耀，靜靜不動，沒有理會盧生對牠的發問。甚至牠是為在盧生面前誇飾而來，牠整個身體可以形容為是精巧設計的活動的晶體，盧生對那無可比擬的綠色頗具好感和讚賞。但是他寄望牠能表示出訊息來，像螢光幕上出現的那些天才科學家創造後遺留下來的機械物。

「你真的不能表示出一點意旨嗎？」

最後盧生感到疲倦而厭煩了，覺得牠老是攀在門扉上使他不能安寧；在這個他獨佔而需要休息的房間裡，他產生了排斥的心理；有一瞬間，他的記憶閃出童年用石頭擊碎小昆蟲的情景，他為自己的殘酷感到羞恥，現在似乎無法重施那種殘暴的行動，應該擺出尊重對方生命的態度。他看不出牠有自動退出的顯示，因此他用手把牠捉起來，看到牠繁多的腳臂所做出的無助的舞動感到好笑。他走到門外，遲疑了片刻，終於將牠像一粒小石子般向黑暗處投去，他聽到一聲落在樹下柔軟地面的音響後，便十分安心地回到房裡，順手把板門關上，現在所有的煩思都沒有了，夜深人寂，是應該躺在床上睡眠的時候了。

正當他眼皮沉重知覺意識要消失進入睡眠的時候，那種擾人的搔撩之聲再度響起，盧生痛苦地眨動眼瞼，意識恢復後清晰地知覺那小金龜蟲又在同一個門扉位置做牠企圖闖入的奮鬪。

「該死的東西！」

盧生一躍而起，把小燈轉變成大亮燈，他推開門，又見到牠那迅速爬進的形貌。他即刻動手捉住牠，並且跨出門外，毫不遲疑地把牠儘量地拋到黑暗的遠處。當他想到房裡睡眠時留下的微弱燈光也是招引牠重又飛來的原因時，他乾脆熄燈就寢，想到咎由自取也就息怒心平了。但只經過了半刻時辰，他聽到牠飛來降落的撞擊聲音，像是一個悶鼓的音符響在他凝靜的腦幕；他疑惑著牠憑什麼而重臨；他百思不解，只得起身亮燈，開門讓牠進入。

現在他坐在椅子裡，與小金龜蟲相距幾呎對望著，心中明白尋光煊耀並非牠無意搔撩他的因由。此刻，他更為迫切盼待一種能夠使他和牠進行交通的顯示，以便避免因不瞭解而做出對牠傷害的行為。盧生想到史波克的秉賦，可是他自己畢竟是一個平凡的人類，滿身只是所謂謀生和應付同人類的經驗和知識，而卻一無了知與其他自然物的接攘；他突然哀憐自己只是一個受盡人事折磨而昧於對宇宙自然知識知解的愚盲物類，且升起對於人類自我已忘忽他和萬物通訊的智能感到無比的氣絕和憤怒。而此時野蠻地對待一個自身道理甚明的自然生命物，就更顯得不可寬恕了。盧生整夜面對著牠，企求從牠的飛臨的啟示重新尋回他自我的本源面貌，但他難以撥開重重習染的俗世霧靄，他失敗了，直到天明，他坐在椅裡力竭而垂頭昏睡了。

為了忘掉那夜掙扎的痛苦經驗，他謹慎地恢復到正常的生活起居，且盼望他的朋友的來臨。週三下午盧生站在學校的走廊等候，他這一次破例地謝絕了別人的邀請，想專志熱誠地與他的朋友敘談，重新釐定一條將來遵行的途徑；他想到在有生之日，一個知音朋友比什麼都來得重要。學童放學離校後，他看到同事們也一個一個騎著機車走了，整個校園的地域空蕩蕩地只剩下他一個人。他依然倚立在走廊，不敢輕率離開。他望著天際，凝聽鄰近的潮聲，想到這漸漸轉暗的黃昏，反而有著濃重的失望感覺。黑幕低垂時他踢著蹣跚的腳步回去，吩咐那位半服侍他的老頭，在晚飯後為他燒一壺水泡茶。當一切準備就緒，老人退去後，他打算重拾久廢的詮釋《易經》的著述工作，而這時他呼嘯著來了，還領著一羣人進來，一看竟然都是年輕時在城市狂放的相知老友，盧生感動得把他們一一擁抱在懷裡，頓時歡欣之情熱騰了整個屋宇。他把老人叫來，交給他錢，要他去商店買酒和備菜。然後他們在簡陋的大廳圍桌而飲，重敘過往荒唐不倫的行徑，以引發歡樂的笑聲。那時，他們記得都是單純而充滿幻想的單身漢子，喜愛藝術且對女人勾勒出所謂理想的輪廓；有一次，他們集體到某鎮，把一位名叫阿蜜子的茶室女子當為體貼的戀人。夜已闌深，他們還意猶未盡。酒喝完了，他們奔到屋外，盧生領著他們走過關門掩戶和毫無人跡的鄉道，他們特殊的語聲在這靜謐的漁村的空際嘹喨地傳播著。

他們一路走到黑漆的海岸，並排站立著，眼睛的視覺漸漸地辨識清楚了；有一刻他們完全被海洋動盪的生命形貌嚇住，驚呆有如直立不動的化石；這海特別顯現的雄偉壯闊在次一刻又把他們感化，他們猶如處在幽明的最初的域地。這時，其中的一位突然對身旁的人指著翻起的白色波浪說：

「你看，」

「是什麼?!」

「是銀波翅膀。」

「真的嗎?!」

「當然是它。」

「銀波翅膀」像他們心中所希望的光，他們詭祕地一個傳給一個這久盼的信息。

於是他們全都狂喚地衝下奔向湧來沙灘的漲高的浪潮，他們展開雙臂，一面跑一面躍高，似有離地起飛之狀；先是他們的歡欣和祈求高過於浪濤，企圖奪佔宇宙自然的聲籟，最後在天明破曉之前，只剩下潮退的低吟。

一九七九．六．七

途經妙法寺

冬天的太陽很少有像那天那樣光耀明亮，但風依然似柔猶烈，難以判定好或壞。他們坐上一部不按里程計價但必須預先講好價錢的計程車。車子在郊外奔馳著。公路的兩旁都是植有木麻黃樹做為屏障分隔的冬季休耕的田地，和石頭砌成的田埂上的木麻黃樹屢遭砍斫的結果而變得到處結成疤瘤，一排排顯得醜惡難看。關於那些使人傷感的木麻黃樹，她在嘆息，問他為何要這樣？他只說它們會在春天重新長出枝椏，因為它們容易長得茂盛而佔地，不得不如此。事實上他不十分清楚到底情形如何，因為他不是農夫，不熟悉這種事。當她又問起這一帶面積廣大的平坦地方為何充滿石頭時，他為她編了一個類似真實的故事，說這個地方在百年前未開墾之時，是大水氾濫的河床，後來經過辛勤的人的開闢，將那些佈滿土地上的石頭集中築成分劃的埂道，並植以木麻黃樹以防風害。

「那麼現在河在那裡？」她問道。

他指著前方遠處突出土地表面的一座巨形方塊的翠綠的形象。
「妳要知道的河在那山腳下流過。」
「那是什麼山？」她驚訝地問道。
「鐵砧山。」
「就是它?!」
她有點驚奇，不能瞭解它是怎麼形成的。
「它似乎是被削平的。」
「應該是被打平的。」
「真的嗎？」
「是真的。」
「你真會欺騙我。」
「你知道我在欺騙妳。」
「我知道。」她臉上現出微笑。
車子在新建的大橋行駛時，他們看到橋下充滿石頭和荒草的河床，卻看不到水流。現在她在心裡頭相信剛才那個洪水氾濫以及事後辛勤開墾的故事，看到土地外表的痕跡，她覺得十分感動。那座巨塊的山已經移到他們視線的左前方，車子過橋後，他們已經在它的山腳下，山坡的樹林青綠茂盛，可以清楚看到受風吹襲而搖動的樹梢，和公路平行的鐵道上這時有一部客運火車和他們交錯而過，因為臨近春節而擁擠的旅客站在敞開的車門，面向公路與他們相望著。

「我這趟旅行不會沒有意義的。」她說。

然後她說她要認真地看看在過去忽視的這個她出生的地方。她說她離開台灣已經有十二年了，自從她大學畢業，她說在美國有六七年的時間不和中國人交往，她表示沒有想到還會回來，並且遇見他。

車子左轉，從一個牌樓下經過，再通過一座架高的短橋，橋下就是剛才火車經過的鐵道。現在車子在上坡，他們看到左方樹林隙間露出的金黃色的廟宇屋頂。有一面路牌指著妙法寺的方向，他們就在靠近廟宇的路旁下車。從那裡可以眺望大橋附近阡陌縱橫的田地，屋舍在平原處散點著，更遠處是下垂的天際和模糊的海洋相接。他們步行走近寺廟的庭園。

他問她這地方像不像她居住在火奴魯魯的地區，她說不像，雖然她的住屋也在山區的小村，可以眺望一些山林風景，但她說火奴魯魯那個島感覺起來是年輕的，而台灣島是老邁的。她重又解釋一些她的感覺，但風勢的關係，他沒有聽得十分清楚。

「妳在城市工作為何住在鄉下？」他追問她在火奴魯魯生活的情形。

「那地方很好。」她說。

她說話時眼神望著遠方，表情似乎在追憶不在的景物。

「那地方都是些什麼人？」

「什麼人都有，大都是有錢的。」

「為何妳要選擇住在那裡？」

「那裡很幽靜，租金雖貴，但房子很大，我養八隻貓。」
「我不知道妳喜歡小動物。」
「我喜歡，牠們都是撿來的。」
「那屋子如何容得你們和八隻貓呢？」
「只有我和那八隻貓。」
他沒有再追問下去，因為他們已經走到廟宇的廊下。寺廟的正面門戶都用鐵門緊閉著，他們覺得奇怪，似乎此時並不開放給人們參觀。他們走到側面的一間辦公室，裡面有兩位戴眼鏡的尼姑正在大桌上寫字，桌面擺放著一堆一堆整齊的紅紙和簿冊，有一排椅子整齊地排靠在牆邊，那面牆上有一面鐘，指針指著差一刻十二點。
兩位尼姑抬頭望著他們時，其中一位年輕的尼姑對他們說：「請坐。」她們的表情冷淡，繼續埋首寫字。
「請問，」他說。
兩位尼姑聽到聲音又抬起頭來。
「這裡能吃到素菜嗎？」
那位年輕清瘦的尼姑露出疑惑的表情。
「我們現在沒有準備。」她說。
「我們想吃素菜。」
「你們是吃素嗎？」

「我們是。」

「你們從那裡來？」

「我們來自北部城市。」

「台北？」

「是台北。」

那位年輕的尼姑轉向那位年紀較大的尼姑私語著，然後站起來表示歡迎說：

「好，你們請坐等候。」

「謝謝。」他說。

蒼白瘦弱穿著灰色布衣的年輕尼姑的模樣給他們至深的感觸，她走進內室去，一會兒出來開啟廟宇正面的鐵門讓他們參觀。

當她在內殿觀看巨大的如來佛像時，他坐在廟廊的石階望著庭園修剪成各種各類禽獸的青綠樹木。樹木原來自然的形狀沒有了，變成一隻一隻形象呆癡的禽獸，這個問題在他腦中思辯著。他有點厭倦和不快樂地靜靜坐著，等著她從內殿出來。關於他內心的思辯，他沒有任何肯定的結論。她出來了，走過來坐在他的身旁，指著一隻像龍的長形動物的形象，但他看它並不美觀，甚至是醜陋凶惡的，應該是人所要遠離和排拒的形象，可是他什麼也沒有表明出他的意見。

她帶著笑容走過去看庭園裡排列的石頭，其中的一個石頭面上似乎用墨水寫了一些字。她走回到他身邊時，依然是那種膚淺而遊戲的表情。他沒有問她看到什麼，他覺得那些字除了無聊外不能代表什麼意義，就像他或她一樣，內心充滿了無聊的生命感觸；他們在等著吃午飯，而刻意在行程中轉來此處吃素菜也不具有任何意義，只是裝模作樣排遣無聊的生活的一個形式。

她挨近他坐著，他們各有一隻手互相握著，他的沉默冷淡的表情使她一直裝作都不在乎的外貌，而這種形貌使他不樂意轉頭去關懷她。

「你不快樂嗎？」

他堅決否認，嚴厲得使她吃驚。

「你是怎麼對我感想著？」

「我沒有太大的感想。」

「你不說嗎？」

「我沒有什麼可說的。」

「好，我們談別的。」

「談什麼？」

「隨便你。」

「我沒有什麼好說的。」

「你有，你一向愛發議論，你在班上最愛發怪論。」

「我記不得我說過什麼。」

「你是愛談字義的哲學家。」

「我也沒說過什麼。」
「你儘管否認。」
「我覺得厭倦。」他說。
「這算是接待我的方式嗎？」
「妳不應該來找我。」
「我知道，你氣我。」
「我必須在生活中忘懷某些事。」
「那些事？」
「一些人與事。」
「為什麼？」
「因為他們騷擾我，使我無法平靜。」
「我使你煩擾嗎？」
「也許，但……」
「好在我不會停留太久，最多只耽誤你半天，我回火奴魯魯後也不會再回台灣來，我早就知道我們是不易相處的。」
「我很抱歉，」他說，用手撫摸她的臉，把擋在她眼前的髮絲掠開，他注意她的長髮，黑而柔順。
「你不喜歡我，我知道，我不在乎你是不是喜歡我。」她說。

「我不是有意刺傷妳。」

「我知道。」她點點頭。

「但我愛妳。」他說。

「你愛所有的女人，但你並不一定喜歡她們，我知道你這點分別，是不？」

「它們有不同意義。」

「我不甚瞭解；猜得到罷了。」

「愛是生命，喜歡不喜歡是生活。」

「我怎麼會不明白，你說的這樣清楚，但你所說的都是你的藉口。」

「你要知道，有些人因為喜歡而去追求和愛，就像他們不喜歡時就放棄一樣，因此愛和喜歡是同義的名詞，他們的生命生活是混合為一的。而另有些人視喜歡不喜歡是一回事，將它當為一種生活世界去看待，在這外在的生活世界做選擇；但卻認為愛是一種思想，視為全部的內在靈魂，他們會愛不喜歡的人，或割捨喜歡的事物。」

「有這樣的區別嗎？」

「妳要怎麼樣想是妳的事。」

「這兩者孰重孰輕？」

「它們都是人的品格的表現。」

「我認為你說的是平凡的人與聖者的區別；現世的價值是傾向做個平凡的人，沒有人會同情聖者的做法。」

關於這個問題他沒有再說什麼，他低垂著眼瞼沉思著，彷彿這意外的問題觸引他的省思。他想產生聖哲的是來自腦的思想，而做一個凡俗的人卻只需去關注身體內泛發出來的慾望。可是人類之中卻有一種貌似聖者的怪獸，當他們強有力而能控制局面時，他們強迫所有的人必須服從他們的意志，他們像狼一樣是結羣的，他們隨時攻擊異類，而不是並存，並且搶奪所有為他們看到的利益；這些怪獸是人類戰爭的禍首。當他們沒有權勢時，他們就偽裝是眾人的朋友，要為低賤的眾人提出辦法解決困境的聖者，他們提出一種均分利益的公平理想，說人人都應做相同的工作，技巧地屈解人類生活形式的殊相，煽動愚笨者的嫉妒心，利用無知者的力量建立他們的威權，最後達到統治愚笨無知者的目的。他在覽閱人類歷史時總有這種納悶心情。他想真正愛人類者必定是遠離人類的人。

「你又想些什麼？」她推著他的肩膀。

他搖搖頭，表示什麼也沒想。

「告訴我，你想什麼？」她從側面觀察他。

「說什麼都一樣，這世界不會改變多少。」

「你始終是這樣地自私。」

「對不起，我忘掉我和妳在一起，我們應該和諧快樂。」

他突然活躍地站起，拉著她走向廟宇的辦公室，那位年輕的尼姑沒在那裡，老年的尼姑還在寫字，他們走進內室，看到廚房和一間寬大潔淨的餐室，幾個尼姑還在忙碌，那裡已經擺好了飯菜，可是還沒有人請他們進去。他們在餐室和廚房外的走廊徘徊，窗下有一隻身上沾滿污泥的白毛小狗，她走過去坐在水泥地上和那隻狗親善起來，撿起附近的一個弄髒的塑膠手套，和小狗戲玩。他看到她這種樣態覺得不高興，厭惡有失體統的表現，可是她卻不在乎，好像這樣做是合乎她的天性。他站在她的面前，輕聲地命令她站起來；她站起來時，手中還拿著那隻手套；他要她丟下手套，又要她到走廊的水槽去洗手。她順從他，感覺他對她的表現出乎她意料之外，除了童年在家裡，她沒有遭到如此嚴厲的侮辱，她內心充滿了羞憤和不滿，不瞭解他憑什麼命令她。當她在水槽洗手，還在思索他的威嚴時，那位年輕的尼姑出現了，請他們進餐室用膳，並指著擺在中央的一張圓桌的菜餚是要給他們食用的。

他脫下風衣，並把她的皮包和旅行袋放在一張靠牆的藤椅裡，然後取碗添飯。桌上擺著的素菜，給人美觀的感覺，其實是極為平常的青菜和豆腐類的食品，吃時他們已忘掉剛才的不愉快。

他們想著尼姑們什麼時候才開始用餐呢，現在已經過了十二點，偌大的餐室只有他們兩個人，其他的桌上擺著一份一份的菜盤，裡面的菜用一隻碗蓋著，卻沒有任何尼姑進來。他看到她吃得很愉快，他的胃口也好起來了。

「在火奴魯魯妳怎樣吃素菜？」

「只要我不吃肉類就是。」她說。

「那裡能買到像這樣的豆皮和豆干嗎？」

「沒有，但火奴魯魯有豆腐。」

「能做得像台灣這樣好嗎？」

「是差一點。」

「我越看妳越像吃素的人。」他說。

「我不是尼姑，我只是吃素。」

「妳何時開始吃素的？」

「三年前，我離婚後搬到山谷的時候。」

「為何要吃素？」

「自然想吃的。」

「他有其他的女人嗎？」

「不是這個原因。」

「是為什麼？」

「我受不了。」

「什麼事受不了？」

「他有許多朋友，包括他在大學的同事，他們在一起喝酒，他們談話時就沒有我們女人的存在。」

「那是怎樣的一種情形？」

「他們要我坐著只許聽他們說話，卻不讓我插嘴發表我的意見。」

「到底是怎麼一回事？」

「他們霸道得很，平時他們是很有禮貌，很溫和，但聚在一起喝酒，就顯出侮辱人的態度，我總是無聊地坐著，越來越受不了，於是我得了氣喘的病，但我離婚後氣喘自然好了。」

「他不愛妳？」

「他是愛我的，我和他單獨的時候，我和他為這些事爭論，我表現的很氣憤，他就向我道歉，我不說話，他就一直向我賠不是，可是……」

「後來他有沒有其他的女人？」

「有，但他回來表示還是愛我，每年他都來看我，但我不願重複那些事。」

「妳有孩子就好了。」

「我們沒有，開始我就覺得他的行為對我是一種威脅和壓迫，所以我不要有孩子。」

「後來妳有其他的男人？」

「我一直都是有愛人的，但都是短暫的；我不計劃未來，除非我找到一個能尊敬我和我的想法做法都能一致的人。」

他凝神聽她說話，想到剛才在廊下狗和手套的事情，他深覺難為情。她停頓後，他想到另一個問題。

「妳在美國為何不和中國人在一起？」

「不是我不和他們在一起。」

「那麼是為了什麼？」

「事情是一樣的。在那裡的中國人自卑得很，他們一小羣一小羣聚在一起，起初我也是一樣，可是我覺得那樣沒道理。在美國強調中國的意識會加重自卑心，一個受現代教育的人應該極容易溝通，無論是何種人，只要能受教育，就可以化解地域性的偏見，因為固守自我地域性的觀念，只會造成別人的誤解，加深溝寬和拉長距離。他們看不慣我的作法，以為我不和他們靠在一起；他們要管我，要我和他們的想法和行動一致；他們認為這樣才不會侮辱到自己是中國人，我不願持有這種偏見，他們就罵我為叛徒，誹謗我的名譽。你知道，我如果向他們妥協的話，就像他們一樣的可憐；他們口頭中說身為中國人是驕傲和榮耀的，但心底裡卻懷著不如人的悲哀；他們不能誠實坦白的做人，我只有和他們分道揚鑣；因為一種集體的意識生活起來會使人不知到底在為善或為惡，無法健全自己，喪失自己本性的愛好。你想，我到美國去求學，卻要受中國人的壓迫，我只好離開他們，自己找前途；爭辯是沒有用的，他們的道理是掛在口上的，卻不把良知長在心上。」

「那麼妳為何要回來？」

「我的雙親在這裡，母親年老了，她可憐。我沒有回來，我覺得我自己做人不公平。爸爸每年到美國公幹，總是不忘到舊金山看我妹妹，到德州看我哥哥，經由夏威夷，來火奴魯魯看我。」

「妳回來感想如何？」

「蠻好的；只有這裡的中國人有資格談中國的問題。」

他們談話時不知不覺將滿桌的菜餚吃得精光，話停時竟相視而笑。

這時有一羣尼姑熙攘地擁進隔壁的廚房，搬進許多紙箱和包袱，看似從外地回來的，她們之間的歡笑語聲傳來時，給他們另一種心中的感觸。他們離開餐桌，取了自己的衣物走到辦公室，那兩位尼姑還在那裡。他表示想捐點香火錢，那位年輕的尼姑拿出一本簿冊遞給他簽寫；他從皮包拿出錢來時，她表示她也要有一份；他在那本冊子上只寫了她的姓名。當他們走出廟宇的庭園時，預先約好的計程車已經等候在外面道路旁邊，他們情不自禁的回頭注視陽光普照下的妙法寺一眼，然後離開了。

夏日故事

詹氏素妹的兒子剛進鄰鎮的一所初級中學讀書，她的丈夫邱世蟠就因胃癌死了。兩個沒有進學校唸書的女兒，跟隨著母親日夜編織草蓆，從這種手工藝的賺得換取勉強的生活。那個男孩名叫清源，頭大而肢體瘦弱如柴，在本鄉讀小學時就名列前茅。那時日本統治者剛走不久，米糧缺乏，物價昂貴，雖然還有大學畢業生找不到事做的情形，可是兒童進學校讀書的風氣卻逐年旺盛，有眼光的人都知道這過渡時期過後，好景氣的時代就會來臨。這個男孩在中學讀了一年書，突然自己主意要輟學想到城市去當學徒，使那母親傷心透了。首先詹氏素妹以為是他們姐弟之間吵架時互相譏罵而釀起的；剛放暑假，清源在家裡，露出忿悶的神情看書或畫圖，兩位姐姐常常斥責他浪費。詹氏素妹聽到她們罵他「吃死米的討債鬼」就起來袒護他，也使兩位姐姐流淚埋怨，難能平息他們姐弟的無知的爭吵，詹氏素妹也會軟弱地搥胸痛哭，之後她探得了實情，真正的原因是她的兒子痛恨學校；為何會有這樣的事發生，她不能十分明白，嚴厲的責問清源之後，一張隱藏多天的學年成績單才遞到她的面前。詹氏素妹手中搖動那張紙單說：

「我看不懂，你說明給我聽。」

清源冷默地站在他的母親面前，望她一眼，然後說：

「各科成績都是甲等。」

「嗯。」

「操行成績……」

「操行成績怎樣？」

「我沒有做什麼壞行為，但是乙等。」

「你一定是表現不好。」

「我沒有做不對的事。」

「那麼乙等就乙等，也沒關係。」那母親說。

「但這樣我不能獲得獎學金。」那男孩說。

「就因為沒有獎學金，你不讀書嗎？」詹氏素妹望著她的兒子。

「我不甘願，我應得而得不到，我討厭這樣的學校。」清源極力大聲說。

「為什麼你非要得到不可？」

「我沒有爸爸，我們窮，獎學金也是一種榮譽。」

「你一定做出不好的事來，使老師對你印象不好。」

「我和同學爭論吵架，他們聯合誣告我。」

「什麼事誣告你？」

「競選模範生的事。」

「你沒有當選？」那母親用關懷的眼光看那男孩。

「有幾個家裡有錢和身體高大的同學聯合向導師誣告和侮辱我做假，他們組成一個黨擁護另一個人，威脅其他的同學如舉手贊成我當選模範生，就會遭到他們的修理。我在導師面前辯護，導師在班上問其他同學，但同學們都推說不知道，沒有人敢說真話，而我只有一個人，所以導師相信他們。」那男孩含著淚水說。

詹氏素妹憂慼地聽到清源的話，想到那過世的世蟠的一切，若有所悟地說：

「我知道了，我明白了。」

她去找世蟠生前的好友土水師德木，知道德木的大兒子在城市裡當牙膏工廠的技師；幾天之後，那位和善的德木的兒子培元回鄉下來，把清源帶到城市去了。

每天清晨約莫五點鐘左右，詹氏素妹就在床上醒來了，靜悄悄地下床，彷彿怕驚動睡在身旁的兒子，但清源已到城市一個多星期了，她還把他當在上學的日子，想起來做早飯，為他做飯包，讓他能夠趕上六點一刻的火車到鄰鎮去。屋子裡灰暗而沉寂，可辨聽到河岸水田傳過來的蛙鳴，甚至能夠聽到狗在屋外的街道行過的腳步；到了六點鐘，便能夠聞到牛車經過的輪音，以及早起在街市散步的老人的粗嗄的咳嗽聲，和鄰居孩子衝出屋外的喊聲。這是一間她嫁來時不久搭建的矮小的瓦房，座落在街尾，屋裡分成三個隔間，臥室在中間，有兩張床鋪，其中的一張雕花床原是她和世蟠用的，自他逝世，便和清源一起睡。當她穿好衣服走進廚房時，已經聽到拖拉的垃圾車木輪的轆滾聲，還有挑菜的村婦她氣喘和喊價混合的交語聲。

詹氏素妹蹲坐在灶炕前的一張矮板凳，面對著炕裡跳動的火光，上面的鍋子正煮著甘藷稀飯。她一面添加柴枝，一面注視黑亮的鍋底下舞動的火舌，火光照亮她方整的面部，她靜謐得有點像一座雕像。她的年歲雖在三十到四十之間，但端莊的面龐在前額上已有明顯的橫條皺紋，而那由清澈轉黃的眼睛和正直的鼻子構成一種累積的憂悶，而緊閉的嘴唇的形模可以看出她倔強堅忍的個性。她年輕做少女時是美麗的，而現在她早已忘掉了這回事。她在遙遠的山區長大，沒有進學校唸書，但她並不愚蠢，她沒有太多的幻想，只有實際的可貴智慧。

從柴火的嗶啪聲響中，詹氏素妹彷彿聽見了父親粗暴的斥喝。他們一家人原住在深山裡墾植香蕉，素妹是最小的女兒，上面有二位姐姐和一位哥哥；她的兄弟和父親合不來，成年後到平地自謀生活去了；大姐嫁給一位耕田的農夫，二姐招贅在家，素妹是病弱的母親的心肝，依賴和疼愛她，對她傾述心中的哀怨。她第一次看到世蟠時驚疑他的模樣，以為他是一個異地的獵人，高大俊瘦而嚴肅，穿著一條紅土色的絨布馬褲，腳套著踏米鞋，在山丘的小徑走著，像是個永遠不停地走著那些崎突的山頭的人；她詢問人家才知道是新來的森林管理員，但她的印象中不是她常見到的低賤面相的管理員。世蟠從不打擾別人，不像某些為政府做事的台灣人隨便闖進別人家裡討吃討喝要人奉承；他也不隨便管束別人，很少和蕉農交談作熱烈的招呼；在他永不停的行走中總是冷眼旁觀地注視人們；他遭到許多背後的批評。山區的人因為難以瞭解他，把他視為怪人。而素妹和世蟠的姻緣來自父親和他的一次嚴重的衝突，像是高傲和暴烈的一次對峙，素妹的父親把他恨得入骨。事情是這樣的：有一天晌午時分，那粗獷的蕉農暴君式的把那怯懦的老妻打暈在蕉園裡，不許任何人去救助她，甚至警告哭泣的素妹不可靠近，鄰居都立在園頭上觀望著，已經看慣了他對家人的暴虐，這時一派冷漠的世蟠正走到附近，他走向那暈倒在地的婦人，那蕉農轉過頭看到他，對他嘶喝著：

「喂，管理員，不干你的事。」

世蟠並不理會他的警告，把那虛弱昏迷的婦人扶起來，要素妹過來攙扶她的母親。

「謝謝，」素妹站在他的身邊覺得安全，並細聲地警告他說：「小心我的父親。」

那蕉農提著扁擔轉回來。

「放下，管理員，我說放下她。」

世蟠對素妹說：「你扶著，我來對付他。」

那蕉農走進來吼著：「這不是你該管的事，管理員。」

「那是你該做的事嗎？」世蟠回應他。

蕉農高舉那根扁擔盛怒地朝世蟠劈頂打來，他鎮定而不為所懼地望著蕉農，敏捷地閃開，使那蕉農衝過來的身體不穩地向前仆倒。現在蕉農羞憤得像一隻怒躍的山羊，站穩後重新舉起扁擔橫掃過來，但那瞬間，世蟠一個箭步近身蕉農過肩把他摔倒在地。這事過後，蕉農的身體氣壞了，賭氣不跟家人說話，臉上常有悔恨的神情，在那年冬天的一次感冒裡，他患肺炎死了，送葬時世皤卻親自來幫忙，他自認無罪，也就坦然了。

世皤雖然不易為人所瞭解，但無疑他是個正直的君子，素妹首先愛慕景仰他，後來他們相愛委身給他，要他住在家裡，服侍他的起居生活。可是山區的人仍然不喜歡他，誹謗他的名譽，說他氣死了那蕉農，佔有了他的女兒，又住在那農舍裡。而素妹的二姐夫阿財在世皤偶爾住在農舍時也不跟他說話，顯出不歡和排拒的臉色。當素妹有了身孕後，他們到州府辦公證結婚，那年素妹二十歲，世皤已經三十五歲，然後世皤辭去管理員的職務，攜帶素妹回到原祖地海邊的小鎮。

當素妹來到海邊的小鎮時，感覺這裡的人們和生活都有別於山區她生活的日子，世皤的母親不喜歡他們草率的婚姻，看素妹是無知無識的山姑娘。他們邱家的人並不算富裕，卻是懂得怎樣安排生活的人；那婆婆喜好享受過著閒適的日子，膝下只有世皤和另一位女兒彩雲，整天都與歌仔戲的女戲子在一起。素妹從鄰居的口中得知這個家族過去是十分荒誕的，世皤在他父親死後，母親另有情夫的情形下遠赴日本，在那裡流浪了十幾年，日本的軍國主義高張，他在那裡待不住才回來。從山區回到小鎮後的世皤進入鎮公所當一名雇員，在一家棉被店的樓上租房和素妹住在一起，不久，發生一次大地震，鎮上不堅固的房屋都倒塌了，就在那復建的時期，在街尾蓋了一間瓦頂的平房，分成兩個部份，那老太婆和女兒彩雲住北邊，世皤和素妹住南邊。他們連續有二個女兒誕生，婆婆都未曾過來看顧。白天世皤去上班，素妹必須挑水洗衣和煮飯。當兒子清源誕生後，那婆婆過來把他抱去餵養，素妹忍痛而沒有反抗；世皤安慰她，說這樣可以分擔她過份的操勞，素妹只好忍氣吞聲。當老太婆一年後過世，小男孩才整天在她的懷抱裡。而那位彩雲小姑依照她母親的遺言，招贅了一位丈夫，依然住在北邊的房子。

當東亞戰爭日漸熾熱之時，台灣開始受到美國飛機的空襲，市鎮的居民紛紛搬遷到鄉下去，世蟠把素妹和三個孩子安置在一個農家裡，星期假日他去看他們，其餘的日子他一個人住在市鎮上班工作。在這段期間，世蟠開始飲酒，他不合羣，拒絕更改日本姓做榮譽的皇民，常常單獨一個人醉倒在自己的居室內。他從來不告訴素妹他內心所想的事，或在外界發生的事情；他清醒時到農莊，素妹看他帶著濃重的憂悶神情，從他的形象意識到即將降臨到他們家庭的不幸的預兆。戰爭過去了，並且時代改變了，日本人紛紛地離去，素妹和三個孩子重回鎮上，清源已經滿七歲，進鎮上的小學唸書，而二位女兒卻因戰爭的關係超過年齡失學了。此時的世蟠由於對現勢也不熱忱而失業了，他的表現有異於那些服務公職的人，他們在日本統治時改姓做皇民受到獎賞和各種的升遷及物質配給的優待，而現在改朝換代又站出來咒罵日本人而獲得留職和受讚揚，世蟠看不起這種具有兩副面具的人，他的消沉已到了極點。素妹感覺到不幸的事要來了，有一夜，世蟠在他們睡眠的時候，悲感而溫柔地告訴她，他必須離開他們去找工作做，他想到城市去做點生意，希望素妹好好照顧孩子。第二天清早，他攜著簡單的行囊沉默地走了。開始時素妹每個月都接到世蟠寄回來的生活費，半年後世蟠回來，他的模樣改變了，態度上有一種稍具隨和的好脾氣，可是素妹瞭解他的內心更加深沉了；她甚至不敢問他在城市做何生意，由於早先在山區蕉園對他景仰的印象，使她永遠對他服從而諱忌去觸怒他；他們之間的生活不像一般人家那種吵嚷和雜亂，她依照世蟠的心性維持一種上下井然的秩序；他們沒有討價還價的事，她必須溫柔地且誠懇地接受他主動的指示，只要世蟠在她的面前或她依偎在他身邊，她永遠露出感激的心態而對他或對自己也永不懷疑。他待留幾日後又走了，除了簡單必要的信息外，生活費已沒有按月寄回來，家中開始有三餐不繼的情況，素妹領著二個女兒開始向鄰居的婦女學習編織草蓆補貼家用。這期間素妹曾帶領三個孩子回到山區蕉園為母親奔喪。之後，有一年多的時光，幾乎沒有世蟠的音訊，突然有一天他回來了，帶著病弱的殘軀。素妹曾偶爾聽到鄰居的私語，說到過城市的人曾看到世蟠在一個公司裡辦事，也有說他在一個樂隊裡當小鼓手，也有說看到他在酒家裡醉倒以及和人毆打的情形。世蟠在養病期間痛下決心戒掉煙酒，並且跟隨土水師德木到建築的工地去當監工。當他身體稍健之後，他又出遠門了，這一次去了三年，當他又回家的時候，他變老了，精神和肉體都將他打敗了，他臨終時求素妹原諒他，然後永別了。

現在詹氏素妹的希望寄託在清源身上，她夜晚睡眠不好，常常做夢。那男孩的形象長得越來越像他的父親，在夢中兩個人交混在一起，而夢境總是灰黑陰霾。她看到他提著一隻熱水壺，走進一間臨時搭建的木屋，裡面有幾個男人戴著眼鏡坐在大桌的背後，其中的一位拿下眼鏡露出一對突出的眼球，他畏縮著，從水壺嘴傾流出冒氣的熱水，滴在他的赤腳上。她又看見他在雜多的人羣中，被排擠到一個角落，有幾個高大的人把他圍住，拉他的衣衫，衣服被撕開後，鈕釦從衣領上掉落在地面滾動著，他彎身找那隻滾遠的鈕釦，而那幾個圍觀的人張嘴露出笑容。之後，他走進一間昏暗的屋子，那裡堆積著許多箱子和物件，他走近一張靠牆的雙層木床，下鋪睡著一個人，當他從木架爬上上層的床鋪時，他的頭撞著屋頂，而一條垂吊的腿為下鋪的人伸手拖住，跌落到地面上。詹氏素妹在半意識狀態的臥睡中喃喃地呼叫著，她醒來時知道是做夢，但心中憂慮著。她想起來，卻覺得身體痠痛無法動彈，心裡想著夢中情景，疑問是否是真實。

她一直在半眠半醒中躺在床上。在夜寂中，火車的汽笛聲在空際傳呼著，並且可以聽到過橋時隆隆的輪聲；突然響起一陣狗吠，然後恢復沉寂，她聞到急速的腳步聲在屋外的街道從遠漸漸地走近，停止在屋門的前面，有急喘的呼叫聲這樣說著：「阿母！阿母！」詹氏素妹從床上躍起，奔向前廳的大門，口裡說著：「清源，你回來了，我來開門。」她把板門拉開，但門外什麼身影都沒有，她的眼光直視到遙遠的天邊，幽黑的天空閃耀著夏季滿佈的小星，在她痠澀的視覺裡，紛紛對她投出伸長的光鬚。對街的屋舍門戶緊閉著，沉默得像是鬼譎的墳屋。她半疑半信地走到門外街心，對街頭的方向尋視。在一根電桿的下面，一隻白狗將牠的頭部伸進垃圾箱裡，露出光突的兩片瘦臀，那中間上面的地方豎著被截斷的尾巴，牠聽到移動的腳步聲，倉惶地倒跳出來，盲目地朝著空際拉長地吠叫。這時把詹氏素妹完全驚醒了，她轉身走回屋裡，聽到雞啼，看壁上的時鐘，是四點；她把廳上的電燈扭亮，把木板鋪在地面上，從椅裡拿來未編完的草蓆，坐下來默默地動手編織著。

天亮時，她把兩個女兒叫醒，換上一件外衣，離開家，走到舊街去。她在土水師德木家的門前停住，從敞開的門口看見瘦矮的德木已經起床坐在廳上喝茶。

「德木兄，」詹氏素妹在門外叫喊。

德木探頭看到是素妹。

「阿素妹，早啊，請進來。」

她走進去，德木拉了一張圓凳請她坐下。

「我有事想問你。」詹氏素妹說。

「你等一下，昨天我的兒子有信來，關於你的兒子，我去拿信。」

他走到木櫃前面，拿出一封放在裡面的信。

「昨天忙，我沒得空去告訴你。」德木解釋說。

「沒關係。」詹氏素妹臉上出現慚愧的表情。

德木把信從信封掏出來，攤開後看著說：

「我的兒子這樣說，你的兒子不適合在工廠當小工，他自願要到廣告社去當學徒，我的兒子已經給他安排好，那個老闆看他聰明有個性，收下他後要他搬到那邊去住。不過……」

「不過什麼？」詹氏素妹臉上充滿了疑問。

「我的兒子也這樣說，你的兒子有點怪脾氣，不隨和。」德木說話時總是露著笑容。

「就是這樣，不太聽人的話，不喜歡和同年紀的人在一起。」詹氏素妹臉上帶歉意的說。

「脾氣是一人一樣，我也有，譬如……」德木似要安慰她，這樣地解釋著，臉上依然掛著笑容。

「他不像別人一樣。」詹氏素妹又說。

「我看像他父親，這點我知道，世蟠和我自小就在一起，我清清楚楚。」

德木說到世蟠時低垂了頭，似在嘆息。

「我要拜託你，德木兄。」詹氏素妹說。

「阿素妹，有什麼事你只管說。」

「請你吩咐你的兒子，請他把他當自己的小弟看待，有不對的地方，教訓他，讓他明白。」

「我會，阿素妹，你不必掛心，我的兒子會照顧他的。」

「真多謝，德木兄，你這樣幫忙。」

「看在世蟠面上，這是我應該做得到的。」詹氏素妹起身要走，德木要留她吃早飯。

「多謝了，德木兄。」詹氏素妹推謝了。

她從土水師德木家出來後，在餅果店買了些果點和素香，到本鎮街上的媽祖廟去拜拜，祈求神明保佑她的兒子的平安。回家的路上她心裡極欲想前往城市去探望清源，但她理智地告訴自己還不是時候。回到家裡，兩位女兒等候著她吃早飯，問她拜神做什麼，她告訴她們昨夜夢中的事以及土水師德木對她說的話。兩位姐妹一面吃飯一面流淚，自我譴責不該在清源在家時和他斤斤計較，詹氏素妹安慰她們說，那不是她們的錯，是清源需要額外的教育。

九月初的一個早晨，詹氏素妹照樣起得很早，她把衣箱裡存藏好幾年的最好的衣衫和布裙拿出來，她穿起這些過時的新衣時，想到世蟠和她回到小鎮的日子，許多人都跑來爭看她這位難得的漂亮小姑娘。離開山區使她的心智開放了，接受平地市鎮那種自由而不過份操勞的生活，而在世蟠威嚴而溫柔的懷中，她永遠像一位受寵若驚的新娘。那時對這一身的衣料和款式總是感覺珍貴，經過幾次的拆寬，依然保留著那種樸素和好感的色澤。她坐在鏡前，梳整新剪的頭髮，彷彿瞧見了自己年輕的模樣。兩位女兒站在她的背後，爭睹她們母親那種稀罕的裝扮，展露喜悅的笑容，紛紛詢問有關過去她們不知道的事物，當詹氏素妹穿上鞋準備踏出屋門之時，她突然覺得一陣羞澀和膽怯，她躊躇著面對乖順的女兒，又折回到鏡前端視自己的面孔，問她的女兒說：

「這樣妥當嗎？」

「太好了，媽。」她們說。

「我真的可以這樣嗎？」

「我們也要像媽一樣。」

詹氏素妹把一張通知新學期註冊的單子折好塞進衣袋裡，她望著女兒，疑問地這樣自言著：

「我也不知道把他帶回來是不是對？他真的瞭解自己嗎？我的希望是否合乎他的意志呢？」

其中的一位女兒插言道：「我們可以做草蓆供他讀書。」另一位也這樣表示。

「你們是最乖的女兒，最好的姐姐。」

「因為我們沒有……」

母女都流淚了，但女兒倒勸母親說：

「媽，不要哭了，哭了還要洗臉。」

但詹氏素妹臉上的淚痕不是羞恥的，她的面孔莊嚴神聖而令人感動。

詹氏素妹走到客廳看看壁鐘，她的女兒催促她說：

「媽，快一點，否則趕不上火車了。」

她趕上了那班北行的最早的普通火車。她坐在車廂的座位，內心還急急不安地跳動著。她閉眼沉思，馬上在她的腦幕出現了那孩子的影像。他襤褸地站著，兩眼炯炯地注視她，然後他們的眼光交合了，似乎母親的願望和兒子的目標已趨於一致；這種交感的神祕電光的火花，也使整個冷酷堅硬的世界在頃刻間溶化了。當詹氏素妹憑窗瀏覽車外急速閃退的電桿，和那做扇狀移動的田野景物時，她的心漸漸地平靜了，似乎體會到一點自然演變的道理，使她升起健壯而坦然的胸懷去面對和迎接未來。

等待巫永森之後

當胡來明和羅福安一同走向車站前的噴水池的時候，胡來明的手臂親暱地搭在羅福安的肩膀上，其實胡來明的動作並不自覺。有時羅福安所表現的是一個偉大的藝術家探索真相的即興的狂德。他們相處已經很長久的時日了；十二年的時間，使任何一個人都可能熟悉對方的優點和劣點；使他們不但親熱如兄弟，又憎恨如仇敵。羅福安臉上蓄著鬍鬚，把代表著青春英俊的臉孔整個遮掩著，使他的三十二歲的年齡看起來像一個五十歲不修邊幅的藝術家。的確，羅福安完全滿意於自己的生活藝術化，行動言語有如二十幾歲憤怒的青年。這是二月初的一個正午剛過不久的時刻，天空籠罩著灰色的雲霧。他們坐在噴水池光滑的沿邊，望著四處來往的人們。當他們抬頭朝車站的電子報時表瞥望一眼的時候，心裡總覺得那些光亮的數字變動的很慢，甚至沒有改變，要等待巫永森來臨像老是停在一個不改變的間隔時間上。天氣不太好，這使他們心裡頗為煩躁。胡來明和羅福安約定巫永森一點二十分在這裡見面，然後一齊去士林。那是昨天他們分手的時候，互相約定的，羅福安說：「天晴在噴水池，下雨在車站候車室裡。」雖然沒有出太陽，天空呈露灰色，但也沒有下雨。胡來明懷疑是否巫永森可能走進候車室尋找他們。羅福安說，像巫永森那樣具有水準知識且瞭解他們的男人，一定懂得如何判斷：沒有下雨一定在噴水池。胡來明說，也不是晴天。他們只好矛盾地也到車站的候車室去走了一圈，在那麼許多熙攘的旅客之中，看不到巫永森的影子，他們又回到噴水池。

無事可做會感到不安的羅福安站起來，從衣袋裡掏出米諾塔袖珍照相機，距離五步，對準著坐在沿邊的胡來明拍攝起來。在羅福安單獨的右眼中，胡來明像一個羞怯的少女。帶沙石的風吹動著胡來明垂散著的長頭髮。在小鏡框中清秀的小臉孔上一對眨動羞怯的眼睛不安地對羅福安攫取他的影像的照相機閃灼著。羅福安宛似一隻大猩猩不斷地變動著位置，一意要找到容納胡來明結實的小身材的佳妙鏡頭。在這個對胡來明探索觀察的時候，羅福安覺得胡來明在鏡頭中不甚雄偉感到慚愧。他試著在詩意上找到他的特徵，但依然沒有尋獲。胡來明由一種不寧靜的心境而對羅福安的行為感到憎惡起來。胡來明於是厭倦地皺起眉頭，由鏡口移開他的視線，在這一瞬間，羅福安終於滿意地攝進了一幅象徵蔑視和憤怒的鏡頭。

回到噴水池邊沿的羅福安又對那電子報時表看一眼，這一次使他有一種驚訝的感覺，時間突然飛逝了許多了。

「還有十五分鐘。」羅福安說。

「我覺得冷，」胡來明縮著他的身體，不斷地搖晃著，躲避著一次一次吹向他的風沙，然後他煩厭地對羅福安說：「巫永森不會來了。」

「無論如何我們要等到一點二十分，你替我拍一張如何？」

「我不懂那個玩意兒。」胡來明對羅福安手掌中的照相機瞥視一眼。

「為什麼你說巫永森不會來呢？」

「我隨便說說，因為我覺得冷。」

「巫永森是不爽約的人。」

「我相信。」

「巫永森會從那一個方向來？」

「我不知道，這裡是個任何方向都能到達的所在。」

他們沉默下來，向四周圍環視了一下。在他們的腦中開始盤旋著巫永森可能從那一個方向來的問題做著猜測。巫永森的削瘦影像令他們思潮興奮。巫永森一個自律很好的學者，可愛的男人，獨身主義者。他在仁愛路的一所小學當教員，住在學校的宿舍裡，現在正是寒假期間，所以他有一部份的時間在白天能夠和他要好的朋友們約會。當巫永森在這二月三日的日子裡，吃過了午飯之後，他會躺在床上休息一會兒，打開床邊的收音機，收聽電台的古典音樂，聲音不太大，他會翻開法蘭西詩人的詩集朗讀一、二首，免使自己入眠。他的意識中一直記著在十二點三刻前外出，趕去約會。於是巫永森在人們午睡的時刻穿著他的黑外套，孤單地在學校門口等二二號車，到博物館下來，從館前街走向車站前的噴水池。要是巫永森和所有獨身男人一樣，永不會牢不可破地固守著自己劃定的生活原則，就是當他心中感到有些苦悶的時候，他不會在這一天的早晨就強迫自己躲在室內，和自己內心抑壓的積鬱苦鬪，平時他有教書的工作可以排遣，現在呢？寒假期間，整個龐大的校舍十分靜寂；巫永森在早晨起床後，計算著分配時間；動手洗濯一些堆積的污穢骯髒衣物，衣服晾在門廊的竹桿上，然後鎖上門，動身來到西門町鬧區，尋找一家電影院買票看早場的電影；巫永森有這個習慣，為了避免買票擁擠，幾乎所有他喜歡看的電影都在早場的時間去看它。巫永森對電影片子也有選擇，他不容許自己有限的收入花在那些無價值的片子上。巫永森是個有藝術和文學涵養的男人，他懂得選擇導演和為數很少的偉大的演員，他尤其喜歡看在威尼斯或坎城影展得獎的片子。目前，在春節剛過之後，是人們歡喜玩樂的時日，大部份的戲院都上演娛樂性濃厚的片子。新生戲院在春節前夕突然化成一片焚燒後的黑色殘骸，樂聲上演霹靂彈，黃牛控制了戲票，巫永森不是第七號情報員迷。萬國上演風流紳士，國際上演諜追諜，遠東上演妙不可言，豪華上演龍蛇爭鬪。巫永森都沒有看上這些片子。他選擇了新南陽上演的三鳳嬉春，這個片子由三個意大利籍的大導演指揮三個偉大的女明星分別演出。巫永森喜歡小戲院的另一理由是能夠買半票。當他在十二點半走出戲院後，會在附近的廊下隨便吃了一碗牛肉麵當午飯。他走到車站前噴水池時不會超過一點鐘，現在已經是一點一刻了，他絕沒有出來看電影。昨夜，在分別之後，巫永森根本沒有回到宿舍睡覺，心血來潮突然對自己生理的性慾有著不可阻擋之勢，在旅館與妓女共宿一夜……不，不，不要侮辱這個可愛的朋友，他是個自律很好的男人，他不會隨便讓自己寶貴的肉體和純正的思想墮落和鬆懈。或者……和校中的同事昨晚組成了一桌麻將，那不可能的……唯一可信的是他將如時到達。他會從家裡出發，搭二二號車，在博物館下車，從館前街走來。

「他會在最後一分鐘到達。」胡來明說。

「我們等到最後一分鐘。」

羅福安說著，抬頭看車站的電子報時表光亮的數字。

「還有三分鐘。」

「我感覺到巫永森從館前街向我們走來。」

「我好像看見他參擠在人羣中經過斑馬線。」

「一點兒影子都沒有。」羅福安說。

「我相信他不會來。」胡來明說。

「意外事故？」羅福安相信地望著胡來明。

「巫永森不是說可能不來嗎？」

「我現在也那樣相信。」

「那麼他會在最後的一分鐘出現嗎？」

「說不定。」

「為什麼？」

「我不知道。我們有義務等到最後的時刻。」

「但是當我們十分確信他不會來的時候？」

「那是一個人信義心的問題，而不是判斷是否正確。」

終於在最後的時刻，巫永森並沒有出現在他們的面前。羅福安站起來拍著胡來明的肩。胡來明垂喪懊惱地跟著站起來。這時他們依照著他們互相的約定，去搭十路車到士林。他們離開噴水池，走到十字路口，和一些人們站在一起，望著車子一部一部地從面前駛過去。對面的綠燈亮時，他們擠在人羣中走過斑馬線。羅福安到窗口去買車票，胡來明站在一小隊人後面等候著車子。車子急速地來了，羅福安跑過來。前面的人緩緩上車，突然胡來明看見他們在噴水池等候的巫永森出現在一條一百公尺遠的巷口，他那削瘦的身體穿著慣常的黑上裝和一條灰色的褲子，態度十分的淡漠飄然，好像不是要趕著去赴會的樣子，他向著胡來明這個方向慢慢走來，沒有看見胡來明在向他招手，彷彿他的視距像昆蟲一般的短小。

「你看，那是巫永森。」

胡來明指給羅福安看。

「我們坐下一班車等他走來。」胡來明說。

「我們等候的時刻過去了，我們不再有義務等候他。」

「他會看到我們……」

「即使他跑過來，我們也有理由可以不理會他。」

「巫永森是我們的朋友……」

「朋友？他是與不是我們都沒有理由等他了。上車，胡來明。」

在車廂裡，胡來明和羅福安併坐在靠近前面車門的位置。車廂裡並不擁擠，和他們同一排座位的還有三個男人和一個面貌平庸，服飾古板的婦人，一位年老的紳士，唇上留著整齊的短鬚，像是大學的教授，很嚴肅地坐在胡來明的身旁。對面一排座位有五個更年輕的男人，兩位女學生插坐在中間。這兩位清瘦的女學生穿著深藍色的制服，一直喋喋不休地談論學校的事情。車掌冷淡地立在後車門旁邊，高高地站著，她雖然年輕，但身材的平庸不值得男人再對她注視第二眼。司機像逃犯一般魯莽地操作著變速桿，車子死命般地往前直衝。最後面的位置，還坐著一位工人模樣的壯漢，穿著布鞋和藍色夾克。胡來明和羅福安沉默地直視著窗外移動的街道上的各種事物，但所看見的都不足使這兩個人有任何的驚動，和沒有看見是同樣的感覺。車子在中山北路過了陸橋後停了又開走，上來了一位摩登女郎。胡來明和羅福安對面的空位和那個敞開的玻璃窗正為這位剛上車的摩登女郎佔據了。兩個人不相信自己的眼睛那麼幸運地會看見這樣一位令人心旌搖動的女人，甚至所有全車的男人都懷著同一個感覺。司機從頂上的一面小方鏡裡也看見了她的側影。胡來明和羅福安不再心情淡漠，他們的內心開始在焚燒著一壺熱水。羅福安開始審視著她，他表情像懷著一種侵犯的決定。在胡來明的眼中，這位摩登女郎所呈現的形象像是一隻大袋鼠穿了衣服坐在那裡；這位女郎頭上包縛的一條黃色絲巾露出一束瀏海，鬆鬆地且彎曲地覆蓋著額面，一雙不對稱的單眼皮的眼睛鎮定著空洞得毫無思想，凹陷的中間附黏著一隻桃子似的小鼻子，向外翻捲的兩片大嘴唇塗敷淡紅色幾近白色的像油彩的唇膏。這有趣的面目使胡來明感到她是個不在家庭中做家事而應該是在外面日夜陪伴美國來的大兵的舞女的典型。當然憑著這張滑稽媚人的臉孔，不會使胡來明的男人的眼睛感動，但也不嫌惡。可是胡來明感謝上帝，他代表所有看見的男人感謝造物者；他看見從那圓粉的頸子以下是個十分豐滿勻稱動人的身體；她身穿的黑外套翻領露出貼黏著肉體的雪白羊毛衫，豐盛的胸脯緩緩地起伏著；當她坐下時，她身穿的短裙收縮向裡，僅僅遮蓋住大腿的一半，窗外來的光線使那雙穿著玻璃絲襪微微分開的長腿全露著黃金的顏色；整個的美魔惑著胡來明。胡來明的內心極自然地產生著接近撫弄的慾念，他的心跳動著，而且像是加速地跳動，蒼白的面孔已經像火爐一樣的燙熱，但是他的手掌和腳底卻冒出冷冰的汗水。摩登女郎十分地鎮靜，像感到她的四周是什麼也沒有似的。她的腳套著一雙半高跟黑色的美麗鞋子，右手握著一隻小小的紅色皮包，這一切都增加她的性感。胡來明對車廂裡的乘客環視了一瞥，在每一位男人的臉面都看見了彷彿在鏡中的自己，所有的男人都像自己一樣把視線投在摩登女郎的身上。當胡來明的視線輪到對身邊的老紳士瞥視時，就看到他自己的面孔附在那老朽僵硬的身體之上，投向眼鏡，面頰佈滿年老深刻的皺紋。但是那個平庸的婦人和兩個喋喋不休的女學生和車掌的面目變得模糊起來，像個圓圓平平的肉球一樣。胡來明的視線又回到那惹人的焦點，他的全身顫動著，像在起跑時的狀態一樣懷著得失的恐懼，他的腳在移動，像要支撐起身體站起來。這時挨著他坐在一起的羅福安就像自己意願般地站起來，而且羅福安不再是代表他自己那自命為藝術家的羅福安了，他古怪得像一個小丑；他戴著司機的帽子，穿著老教授的一隻光亮的鞋子，另一隻是那位壯漢的布鞋，穿戴著所有男人的衣服、褲子、手表、衣飾和領帶，並且他的臉部完全是所有男乘客的特徵，看去那一種年齡都是。羅福安——不，所有的男人——站起來後僅只跨出一步，就到了摩登女郎的面前，伸出他的各種年齡的手，把掩蓋大腿的那條短裙翻起來，那位女郎手中的紅皮包掉落在她的腳邊，她的手自衛地想壓住裙沿，但舉到空中便停止了。短裙為羅福安翻開後，那雙大腿的盡頭密密地黏在一起，只暴露出一條紅色尼龍內褲包繞著那微微凸出令人昏迷的小腹。羅福安滿足了他的渴望之後，回到自己的座位坐下來，這一刻，摩登女郎的皮包自動地由地下回到她的手中，她的表情依然是鎮靜和目空一切，從那微動的死白的嘴唇發出她心中的一番感想——「這沒有什麼，這是我所經歷的最平凡的一次，甚至對於像我這樣的女人是有點不夠而近乎輕視；為什麼僅僅只有輕輕的一翻呢？為什麼不繼續做你們想要做的一切呢？害羞嗎？女人給男人翻的有著許多層次，那最裡的就沒有人能夠做到。」胡來明的心冷卻下來，注視著羅福安，他頭上身上腳上的一切都消失了，重回到物主的身上。車子在中山北路的另一個小站停下，摩登女郎站起來，由靠近羅福安的門從容不迫地走下去。車子繼續未完的旅程，噗噗前進。胡來明和羅福安的視線不再受到阻礙能夠由窗口投視到移動的街景——那些冗長的像走不完的中山北路的灰色優雅的景象。他們沉默著，像腦中空無一物般地沉思著，突然羅福安轉向胡來明：

「胡來明？」

「嗯？」

一會兒，胡來明轉向羅福安：

「羅福安。」

「嗯？」

老婦人

一

詹氏清晨起來走進廚房對她的女兒說：「我今天要南下去走走。」素娥正在為兩個上學的孩子準備早餐和飯包，回轉身來看矮小而老態龍鍾的母親一眼，停頓了半晌，最後無可奈何地說：「妳要去就去罷。」詹氏低著頭沉默地回到自己的房間，開始為自己的長途旅行打點一些衣物。她現在擁有的和穿著的衣物大都是灰暗的色調，顯不出任何光彩，最好的也不過是內衣的灰白。她把它們塞進一個手提的塑膠袋子裡，順手把鏡台上的一個藥包紙袋也塞在衣物的褶縫裡，她似乎對這趟旅行稍有些寄望而顯出半隱半顯的興奮和急亂，把身穿的袍子背後的拉鍊卡住了，於是她又快步到廚房來請素娥幫忙。素娥口中模模糊糊在嘮叨著什麼，分不清到底是在斥責她的兩個孩子或想勸阻母親的離去。她不是不情願為母親拉好拉鍊，她的心情也許不好，工作繁重又瑣碎；她的丈夫是一名公家公司的職員，她自己每天上午在單身宿舍有一份洗衣的工作，把這份薪資積蓄買了一些股票，可是股票一直在下跌。素娥把母親衣服的拉鍊扣好，詹氏轉身面對她說：

「妳不高興嗎？」

「不，母親。」素娥深為難過地說：「妳昨天才到醫院看醫生，今天就要走……」

詹氏接著說：「我去拿藥是給旅途做準備，我知道自己的身體，妳說我不去可以嗎？阿彬娶了那樣的妻子，什麼也不懂，肚子那麼大了，生產的時候怎麼辦？」

素娥有點生氣地說：「他們自己不會想辦法？」

詹氏又說：「阿彬是一個脫線的人，我是去幫淑華，現代的女孩子那裡懂得那麼多。」

素娥憤憤地說道：「淑華有她自己的母親。」

詹氏說：「我這個祖母會輸給她那個母親？」

素娥說：「當然輸，妳還不知道？」

詹氏倔強地說道：「不輸。」

素娥說：「到時就知道了。」

詹氏說：「妳要想想，妳的兩個孩子誕生時，都是我幫的忙。」

素娥辯解道：「我知道，但不是為這個。」

素娥心中只是不忍她的老母年老還要去做那些像傭婦的事，但她不能當面對母親說妳年老了，當年是當年，現在是現在。

兩個母女爭論到都眼濕了才罷手。自從素娥結婚以來，十幾年間，詹氏一直寄居在這個宿舍裡，大小事都為這一隻手殘廢的女兒分擔做。年輕時在鄉村艱苦生活的歲月影像又浮現到詹氏的心頭來，她必須在夜間去排隊挑水，以致剛會爬行的素娥無知地向油燈前進，想到那些不堪回首的往事，她的淚水奪眶而出，像兩條白銀珠劃過那兩面蠟黃的臉頰。

詹氏最後說：「不祇是為淑華，還有許多事，要走許多地方。」

二

她手攜鼓脹的塑膠袋走出了宿舍區，沿著一條狹窄的道路慢慢行走。這個地方叫溝子口，是屬於台北市邊郊木柵的轄域。她從一條斜巷走進菜市場，在擁擠的人羣中去找她的另一位女兒。詹氏幾乎每星期有幾天的早晨會自動來幫忙擺地攤賣衣服的素霞。這位女兒住在萬華，丈夫早先是三輪車夫，現在雖然也是計程車司機，但年紀大了，已經勤勉不起來，詹氏曾告訴素霞，如果來這裡擺地攤，她便可以就近過來照顧生意。起先沒有一定的位置，後來和管理市場的人熟識了，向他買了一個固定的攤位。詹氏手提著包袱穿行於密集的人叢很困難，她擠不過去時便展著笑容請年輕的婦人讓她走過去。她在那些移動的人體間看到素霞那張不精明不似生意人的平凡面孔，詹氏靠近過去問她：「早晨生意怎樣？」

素霞說：「妳趕得上火車嗎？」

詹氏答道：「不急，我來吩咐妳一句話。」

素霞說：「妳昨天已經告訴過我了。」
詹氏說：「昨天我只說要走，並沒有告訴妳什麼。」
素霞說：「是什麼，母親？」
詹氏說：「我這次南下，什麼時候回轉來，不一定，妳一個人要謹慎些。」
素霞說：「這我知道，妳自己身體要保重，不要掛心我。」
詹氏又說：「妳都這樣說，做生意一人不比兩人強。」
素霞說：「我知道。」
於是兩個人沉默地站著，一面盯著來往的人，一面想說出什麼又沒說出口，最後詹氏移動了腳步，輕輕地說：「我走了。」素霞迸出口說：「母親，要小心啊。」詹氏神色黯然地點點頭，看那苦命的女兒一眼，擠進人羣裡離開了。
她在路口被川流不息的來往車輛阻住了，一部公共汽車剛停在對面的站牌，她有些焦急，舉手向司機招呼，但司機沒有看見她，她急忙快步走向對面去，繞過車身後面，但車子開動了，她急奔著，一面拍打車身，但車門朝著她關上，而且很迅速地開走了。詹氏嘴巴嘀咕著，只好立在站牌等候下一班車。之後有幾個人陸續走過來站著等候。詹氏有點心跳和身熱，由於剛才的舉動感到有些昏暈。突然一部計程車駛靠到站牌來，從窗口探出一張年輕的面孔，他嘴上留著短鬚，頭上蓄著長髮，很有禮貌地朝著詹氏用閩南話說：
「阿婆，妳要去那裡？」
「台北火車站。」詹氏回答他說。

後面的車門打開了，走出另一位青年，拉著詹氏上車說：「我們同路，我們載妳去。」詹氏被夾在後座的兩位衣裝整齊的男人中間，她既昏亂又興奮地說：

「你們真好，謝謝你們。」

「不用謝了。」

前面的司機沉默不語，專心地開著車子，很快地經過考試院門前，在世界新聞專科學校轉彎，到景美的路口，車子向左駛向新店的方向。詹氏身邊兩旁的男人伸手摸她頸項的衣領，並且說：「阿婆妳的衣服很漂亮。」她在車子的飛駛中被要脅不可張聲和蠢動，最後她被推出車外，棄在一條陌生而無住家的郊外道路上。

詹氏想向第一個遇到的路人述說被搶的經過，但那人看她神色慌張，說話結巴，且有一對央求的眼睛而避開了。所以她走到有人住的地方就什麼也不想說了。她搭上一部公共汽車後，默默坐著，眼神無光而憂鬱，她感到疲乏和虛弱，想到自己年老了，慶幸只喪失了一條金項鍊。那條項鍊並非她早就有的私蓄物，是去年做生意的姪女要到日本旅遊請詹氏過去照顧家而回來時贈予她的。這老婦人和幾個姐妹生長於山區的農村，她的姐姐在前年去世了，那些在城市裡忙碌於做生意的女孩們常在有事時就叫她去幫忙，也把她當媽媽看待，而且常給她一些錢的酬勞，詹氏很樂意於這樣的來往，但有時卻會引起自己子女的不歡意。她一路上非常捨不得失去那條項鍊，這是她一生中唯一的，到了晚年才有，而卻無福份擁有。所以她心中專注地傷心那失去的東西，而忘掉去憎恨把它搶走的人。

她現在坐在公共汽車內像小女孩子一樣為她的寵物傷心。她已經有七十多歲了，誕生於民國之前，可是這件事並不重要。她從來沒有享受過什麼了不起的生活樂趣，就是對自己的生日，也從來不表示什麼，因為她的丈夫在她還年輕時就走了；她的子女似乎也忘忽了這件事，因為她的一生和孩子們都在貧窮中度過；而大多數窮苦人對彼此間的生日是十分淡漠的，或許他們心中都有數。她的眼珠迷濛模糊了，怪不好意思地把臉轉向窗外。路上行走的人抬頭看到那部公車的窗子有一張流淚的老婦面孔都感覺奇怪，他們也許想追問她為何，但車子快速地擦過了他們。

她在重慶南路下車，前面就是火車站。她走在斑馬線上，一部由開封街單行道開來的轎車把她撞了一下，她驚嚇地跌坐在地面上，終於忍不住號哭了一聲。車子並沒有把這老婦人撞傷，只是在燈號變換時煞車的頃間把她碰到。有幾個行人過來攙扶她起來，問她有沒有受傷，她說不要緊，就繼續移步前行。那位在車內的男士不斷地搖頭，好像在嘆息這老婦人的老邁和無奈何，而他身旁的美嬌娘卻對跌倒又爬起來的老婦瞪眼，顯露一股非常鄙視的嫌惡的樣相。

三

她乘火車抵達白沙屯就病了，這老婦回到她青春時代生活的家，在暗黑的房裡歇息著，沉默地躺著，在驚嚇和疲勞之後，她的衰老的身體僵硬無法動顫。有一度，她昏睡很久，醒來時抑不住呻吟了幾聲。沒有人知道她在想什麼，也許什麼也不想，就像她七十多年的生命只知道活著。對她來說，活著比想什麼要強些，活著的意義勝於一切，而她應該知道為什麼活著，以及活著要做什麼。吉村是她的次子，由於沒有受很高的教育，在鄰鎮的火車運送公司當辦事員，早出晚歸，有時住在那裡的宿舍裡，兩三天才回來一次，當詹氏在那天午後下火車時，勉強拖著步伐挨到街尾低矮的舊屋的門口，菊妹看到把她扶進屋內，倒水給她喝，她服了一包藥，躺在床上，很快昏迷了過去。直到吃晚飯的時刻，回家的吉村才把她叫醒。她說她吃不下飯，繼續躺著，吉村吩咐菊妹煮些稀飯，她依然不肯起來吃。吉村問她：「媽，妳病了嗎？」她說：「是的，好像要死了。」詹氏不肯她的兒子去請醫生來，她說：「我知道我是什麼病。」晚上，這老婦人要他們都去休息，不要理會她，而她整夜都醒著。

翌日早晨，吉村要上班，三個小孩要上學的時刻，詹氏沉沉地睡著，等屋內清靜下來後，她才起身。她走進廚房，看到菊妹在水槽洗衣服，又轉身走回來，菊妹問她要不要吃早飯，她說她會自己動手做。但是菊妹回到廚房即為詹氏準備碗筷，打開煤氣爐為她煎了一個荷包蛋，稀飯還是溫著，要詹氏過來吃。詹氏感激她的媳婦，她不常回來，似乎她和他們疏遠了。

但這老婦人和兒子媳婦之間彼此都瞭解著，什麼事情只要自己能做，她都不想麻煩他們，在過去的歲月，那時她和他們住在一起的時候，詹氏對任何的家務事都要嘮叨，吉村和菊妹卻希望她少管事，曾經為一些瑣事爭吵過，事後大家突然都轉為沉默了，雖然各自內心都很關懷對方，但不知道要怎樣表示出來。詹氏回到白沙屯後，頭一二天，吉村都按照時間來看望母親身體恢復的狀況，知道沒有什麼妨礙，他就像往常待在辦事處不想回來。有一天他回來時，詹氏問他：「是不是我回來住在家裡，你就不每天回來？」吉村喉頭像阻塞著硬物，吞吞吐吐地說：「母親，妳知道，妳知道，我要怎麼樣說呢……」他心中十分慚愧和難過，在這當兒，他有時會很容易發脾氣，他有個外號叫「難言的吉村」。詹氏深有感觸地說道：「我當然知道，生活就要順當和平安，我們還有什麼奢求？」她表示說，過幾天她要隨進香團到北港去。吉村對母親心中想做的事，都不加反對，雖然他想問她身體是否夠好，但他連這一點也從喉頭吞進肚子裡了。

這時是農曆的三月。這幾天，詹氏忙著去廟裡報名和繳費，由於這個活動，她看起來健朗了許多，顯得又有生氣。她在村子裡各處走動探訪，遇到了一位老朋友，她的名字叫細屘，大約和詹氏相同的年紀，但她的耳朵有些聾了，兩個人坐著交談，就像兩隻老貓在伸頸狂喚一樣。她們談論過去的事，細屘曾經受盡高大的丈夫的折磨，現在她清閒無擾了，有時住兒子家，有時住女兒家。由於能夠在家鄉相遇，她們決定相攜隨媽祖一起到北港進香去。

這兩個老婦人在車隊行進的旅途中互相照顧，喋喋不休說著爽朗的話，以排遣無聊和一陣一陣自然由衰老的身內襲上來的倦乏。抵達北港的那天夜晚，她們被安排在旅社的通鋪房間內，和一大堆人在一起，大多數人都只休息一會兒，便興奮地結伴到處去瀏覽，或購買當地的特產，整個北港這個小地方的街道，白天和夜晚都是人潮，她們兩個老婦人卻坐在榻榻米席上，厚厚的背部靠在房內的一面牆壁，討論著她們死時要如何處理的事情。詹氏想將自己的骨灰寄存家鄉福音寺的齋堂；細屘卻說她隨子孫的意思怎樣就怎樣，反正死時什麼都不知道了，也無法起來反對。

四

這詹氏老婦在忙過媽祖生之後，在往南途中又在台中下車，她盼望去看一眼她的孫女阿惠。當她的長子逝世時，阿惠還年小，跟隨改嫁的母親而去，和繼父住在市區公園的附近，開一家包子鋪，而詹氏便攜另一男孩阿彬北上居住在素娥家，這事轉眼已近二十年。這老祖母在公寓大樓的電梯門口遇到了她的孫女阿惠，兩個人不但驚喜而且不由得互相擁抱了起來。這孫女環抱著的是厚而垂重的軀體，而這祖母摟著的是脊椎畸形發育的瘦而薄的身體，詹氏紅著眼眶心酸著這年幼時可愛漂亮的孫女的變樣。阿惠要打電話給鋪子的母親知道，老祖母阻止道：

「不用了，他們正在忙生意，妳告訴她，她便要放下手中的工作回來，我到屋內坐一會兒就好。」

阿惠自己彎著腰牽著祖母的手走回六樓那窄小的公寓房屋內，她倒了一杯水給詹氏喝，互相詢問了一些近日來的生活事務，幾年前當發覺生長的異變時，詹氏曾南來探視過。可是這聰明伶俐，臉孔長得異常清秀的阿惠卻有一股冷靜的氣質，反而安慰老祖母不要看了她就難過，表示高中畢業就要當修女去。

「我還告訴阿媽一個好消息，我哥哥前天由高雄來電話，說嫂嫂已經在醫院產下一個男孩。」

詹氏聽到這件事，馬上由沙發椅站起來衝向門口，然後又轉身回來拿她隨身的那只放衣物的塑膠袋。「我就是要前往高雄去，那麼快就生了，連我都不知道，電話打到台北一定沒有找到我，白沙屯又不好聯絡，現在有沒有火車班？」

阿惠陪詹氏從電梯走下來，又乘計程車到火車站，買了特快的車票，等了十幾分鐘，臨走時老祖母小聲且帶著央求勸告的語調說：「我的乖阿惠，妳不要去當修女。」阿惠解釋說道：「我從小就信天主了。」這兩位祖母孫女就這樣相會不到一個鐘頭又匆匆告別了。

她到達高雄已經是當日的黃昏，趕到阿彬家，他們正高興的在吃晚飯。阿彬看到祖母到來，離開餐桌迎接她，詹氏第一口就責怪他沒有早通知她。當她看到淑華的母親在場時，馬上轉換笑臉，說慶幸有她來幫忙。整個屋子因為一個小生命的誕生明顯地可以看出疲憊生活的代價。阿彬是個高大英俊的青年，由於有父系方面的秉賦，在一家建設公司當企劃經理，所住的高級公寓室內都經由自己的品好設計，既舒適又美觀；他稍嫌沉默，卻頗富理性。淑華瘦小美麗，是個現代女性。現在詹氏來了，馬上為這個新家庭和小生命而忙碌起來，淑華也剛由醫院回來，有許多的事情必須仰賴這位充滿主見的祖母。

第二天，淑華的母親走了，把任務交給詹氏。阿彬有祖母在場，他便放心了，因為從小他就是詹氏把他帶大的。他可以正常到公司去上班，晚上回來抱抱自己的兒子，顯得頗為安慰和滿足。白天裡家中只有詹氏和坐月子的淑華，她能起來走動，為嬰孩餵牛乳。詹氏負責早晨的採買，洗衣服和煮飯。當她忙碌的時候，便忘掉自己年老了，也忘懷自己有病。而這兩位第一次要相處在同一個屋子的女人，相差約有五十歲。這老婦人常在做事時，無意識地在看到什麼不順眼之處便會嘮叨幾句，而她說過後便忘了，那年輕的淑華卻聽來有意，心裡總覺得難受。幾天過去了，歡喜之氣還能掩蓋著一切。但當詹氏推開櫥櫃，看到裡面存放著一大包新買的尿布，便責問淑華為何浪費錢買了這麼多，她說：「只要幾條換洗就夠了，我帶了那麼多孩子和孫子從來就沒有這樣浪費，穿破的成人內衣褲是最好的嬰孩尿布，我看妳都不懂得節儉。」淑華一時忍不住，回說：「難道我買給我的兒子用也不可以？」當阿彬回家時，詹氏在準備晚飯，一面要為淑華煮些雞酒，淑華從浴室出來，走進廚房想自己動手，詹氏於是說：

「既然不要我幫忙，我在此做什麼？」

淑華不客氣地答說：「本來我就不想勞煩妳老人家。」

「我現在就走。」

淑華不語。阿彬抱著嬰兒走過來看發生什麼事，詹氏眼眶濕潤地說：

「這裡沒有我要做的事，我要回台北去。」

阿彬勸阻他的老祖母不要走，但詹氏看淑華並不願意道歉，因此堅持要去搭夜車回台北去。最後阿彬無可奈何，只得讓這老婦人離去了。

五

詹氏在黎明前回到了台北，市內的公車還未行駛，她一個人坐在冷靜的候車室等候。

她的背部躺靠著就睡著了，還做了一個打寒戰的夢，醒來聽到市區轟隆吵雜的汽車行駛的聲音，和耀目的陽光。她走地下道，又爬上天橋，在重慶南路等公車。在公車內，她不由得回想到離開台北時被搶去了一條金項鍊。如今她像光著脖子回來一樣，怪不好意思，也頗傷心。到溝子口下車，詹氏進市場，看到素霞站在攤位的後面。素霞抬眼從人羣隙間看到母親時驚嚇了一跳，詹氏臉上裝著一層皮肉的微笑，但她的表相還是無法完全掩飾內心的憂患。

「媽，妳怎麼這樣憔悴？」

「那裡，南部熱，吃不下飯。」

「妳先回去休息好了。」

「回去再出來麻煩，我要在這裡幫妳一下忙。」

「不用，妳不在我還是一個人。」

「兩個人總比一個人強。」

「妳還是回去休息。」

素霞強推著母親走，詹氏只得離去。她走進宿舍區，和許多早晨上班的人交錯而過，有人向這老婦人打招呼說：「阿婆早，」她也堆著笑臉說：「早。」她走進公寓樓房，素娥剛剛忙完晨間的工作，回轉身看見母親不支的跌進門來，她一個快步把詹氏扶住，而且發出一聲痛惜的哀嘆的叫聲：「媽媽，妳怎麼了？」

幻象

一

他午眠剛起，走出屋外，即見到那俊美高瘦的孩子。孩子赤腳，穿著白衣和白褲，背著書包，頭上戴著橘黃色的學童帽。這孩子的眉目清秀引起他的注意。他站在空地上等著那孩子走近；這條山野的道路是這孩子上下學必經之地，他嘴巴還咿喃哼著不知名的調子。現在他清楚地看到那孩子赤裸的手臂和雙腿佈著滴流血水的癤瘡，他想詢問那孩子時，那孩子已經從他面前走過去了。原來他驚訝地僵住在那裡，他又快步地追上那孩子。

他把孩子帶進屋裡，用肥皂水洗淨他的髒污。當他蹲著檢查孩子的手腳時，他又發現這孩子的右手食指被切斷了一截。他顫抖地捉住食指外的三根指頭，直望著那斷指已封合的光滑皮肉。那孩子在臉上呈現難為情的憨笑。他抬頭探詢那孩子時簡直難以相信這是事實，他想探測這孩子的內部，卻遭到那不可思議的面具的掩飾。這孩子肢體的傷記使他一面為他洗滌時，一面咬著牙感到無比深遠的憎惡。他請求孩子說出受難的經過，這孩子似乎在翻開久遠的記憶。

「我的叔叔……削甘蔗時，忽然……」

他發覺這孩子無法說出完整的句子來表達他自己的遭遇，但他覺得他所吐露的已經足夠了。他沒有再問他那時怎樣？那時的一切都可憑著想像去瞭解這孩子在那事故發生的前後的心靈巨變。

他請這孩子坐在椅上，為他倒茶和要他吃些餅乾，這孩子似乎有點受寵若驚，對他來說他從來沒有比接受這樣的招待更感奇異，因此他無法體嘗任何的舒服和快樂。他和孩子面對面僅隔著一張小木桌，於是他說：

「你一定想知道我是誰，是不是？我和你坦誠相見，所以我不會隱瞞我自己，我老柯現在是完全成為這鄉村的一份子，在這片土地上的所有一切，我都要表示親善和關懷。我一個人居住於此，因為我喜愛這一帶的山巒。我做過許多高尚的行業，早年我是個教師，後來成為作家，但是漸漸我才覺得這些令人起敬的名銜是使人生厭的，在城市的生活是一種偽飾，由於心靈的晦暗而逐漸敗壞了的身體。的確人人都那樣指責城市生活的蒼白色彩，但是沒有多少人有勇氣從墮落的日子離開。不論如何，我看這裡是個自然美麗的地方，可是我唯一不懂的是：為何你生長在這優美的園地裡卻還會受到蚊蟲的侵害而毫無保護，而且無知地去捉癢那些沒有治療的瘡口而任其發炎腐爛。我很想去見你的父母，也想見一見你那位叔父。假如你願意帶我去你家，我現在就跟你一起走。」

「在白天裡你見不到他們。」

「難道他們願意在晚上嗎？」

「晚上也不行。」

「我不明白這是什麼意思。」

「白天他們要去做工，晚上他們就要休息了。」

「這也是你沒有接受到照護的原因嗎？」

孩子搖搖頭，表示不贊同他的說法。

「這是奇怪得很的事，」他又說：「當我第一眼見到你，我充滿了欣喜之情，你那俊美自然的樣子，完全合乎我理想的意想。你知道所謂自然天成之樣相是比一切維護和教養的美麗要高超完整，直到我親眼真真確確地發現你的破爛皮肉，這真實使我不忍卒睹。……而此刻，我有一種憐憫和責任心。當我在城市那豐衣足食，一切美好的環境裡著書立說時，我們常常一面在餐廳吃著好食物，一面談論人道理想。有時我們爭得面紅耳赤，說得心胸激昂，彷彿這世界真的非假藉我們的雙手來改造不可。然後在深夜喝完咖啡後，我們在走廊下互道晚安，並且心胸空虛地回到家睡覺。翌日，我們又在一起，談起社會工作，想為社會做些有意義的事情，要為社會服務，好像除了我們去推動社會外，這社會是不會動的；我們要想法去關懷大多數人，可是我們又不甚知道什麼叫做大多數，這種區別意識顯然是有另一部份叫做少數人。這些理想從年輕一直懷在心胸裡到了晚年，找不到落實之處。我回憶著那些生活過的日子，表面上是一種人類理想的代言，實質上是個人滿腔的貪婪和情慾。事情的確是奇怪的，在我的所有見識和經歷中，凡是可以談得出來的東西，都不會是真的；那些觀念的溝通，理想的面目都是一些假相，可是不幸的在我們的年代裡，總是把它認真看待，我離開城市之後，他們指責我逃避現實，卻不明白我現在所見到的才真的是事實。我從來沒有無代價地為他人做過事，可是現在我對你所做的，是真正的神聖服務。以前我們會說去愛大多數人，去擁抱羣眾，這是多麼明顯的空言和泛論，因為再想一想就不難知道，所謂羣眾是一種沒有形體的存在，如果真要給它一種形象的話，那麼它是一種沒有靈魂的禽獸，可以加以煽動和利用，那麼它就是一股無可形容的破壞力量，因此去愛它是不可能的。真正的愛是有明確的對象，必須找到一個，然後再找到另一個，一個一個逐一的去施給。孩子，你懂得我說的這些話嗎？我是在面對你時告訴了我自己，我知道你根本沒有知識來瞭解這些話的意思。」

那孩子在搖搖頭中起身站立，看到面對的人是如此激情之時，即默默地走出屋外；對於剛才受到的治療和款待，一點也沒有想要對他表示感謝。

自此以後，他每天在午後的時刻，都在門口附近徘徊等候那孩子，但他沒有等到，再看不到那孩子向他出現。他想那孩子必定改換了上下學的路線，繞過這一帶的山崗，行走在他不知悉的途徑。可是對他來說，現在他的孤獨生活不能沒有那孩子，這是他來山野的第一次接觸，他不能為他所做的事釋懷。他常常自言自語地說，他為那孩子所做的雖不算是了不起的善事，起碼那不是壞事。因此在有一天，他決定要去熟悉這一帶山野的環境，而配備了一些自身需要的用具裝置出發了。他攜帶了一本本子，在裡面畫著他走過的路徑，把這一帶的地理勾勒出一個簡略明白的地圖；在這一張自製的地圖裡，填滿著他所見到的可記錄下來的事物。他過去的繪畫基礎使他輕易地做成這件工作，而他另外的一頁一頁的紀錄，就像畫家的速寫一樣，充滿了活潑的線條和有意義的文字。當他來到一處分岔路口，看見一間低矮的神祠坐落在那三角的空地上；這種小廟只有三面的牆壁，敞露的進門處掛著一條長連的紅布，遠遠望去有著卑謙和神祕的形貌。他來到這座小廟，巡視著裡面簡陋的佈置，供奉的是名叫黃琳公的神位，而不是一般的土地神。他向鄰近的一家雜貨店的女店東購買一包餅乾和東香銀紙，回到廟裡點香供拜。之後，他向那雜貨店的女店東請教有關黃琳公的事蹟。那女人說：「我所知道的也是由老輩的人說出來的，據說這位黃琳公當時是一名逃避追捕的人犯，當他奔逃到此，就是這岔路口時，已到束手就擒之境，突然大地升起雲霧，掩護著他躲過後面捕捉的人而保全了性命，後來他就落居於此地，對一切人行善事，死後為人立祠供拜。」

女店東問他道：

「只是傳聞而已。」

「只有那傳聞？」

「不明白何時代。」

「何時代的人？」

「不知道為何。」

「他為何而逃？」

「你從何處來？」

「從城市來。」

「是落居還是過客？」

「是落居也是過客。」

「在那裡？」

「前山處。」

「為何到這荒僻的地方來？」

「我也是有所逃避。」

「那麼你逃避什麼？」

他嚴肅地望著那漂亮的女人，不知要怎樣回答這種追問根由的發問。他靜默地倚立片刻，為要結束這一意想不到的交談而終於咧嘴說道，且用「逃避我自己」來打斷那眼睛發亮的女人的瞭解。

二

他以熱切的腳步趕往社區運動會的處所，這是一個極好機會，可以在同一時間裡認識這鄉村裡的大部份人，尤其是他關心的兒童。他常覺得這世界的希望必須寄託在兒童身上；去認知兒童就像預先看到那未來之世界。人類世界的生活品質是可以培植的，只要教育兒童朝往那目標。在城市裡，他已經失望於那機伶的小面孔，在那裡的教育完全脫離了自然道德律，並且喪失人是宇宙精神的一種代表形象；因為過份的知識化使人只有一個機械般反應的頭腦，在腦中只堆積儲存死的知識，而沒有創造的原始衝動；人只依照一定的程式在生活，沒有殊異的個性表達宇宙多樣的意態；只有同一的性質，同一的觀念，就像蜂蟻只有同一的意志，生命只有單一的使命。這種制定好的方式不是高尚的，人在這種刻板和束縛裡只能過物質的禽獸生活，唯一的存在思想就是隱藏於內心的狡詐和互害，且慾望於同一時空的腐朽。但是在這鄉野裡，他並不充滿希望，這貼近自然外表所孕育的依然是他不瞭解的某些人類，他充滿迷惘，還看不到自然顯現的內涵。而他那昔日的思想態度還未完全自他內身脫掉和淨化，即使那真面貌出現在眼前，他仍然會無所見識。

他站在無數人羣的後面觀看，他看到了那位高瘦俊美的孩子，正和一組兒童競奔在操場上。這是一個極小的運動場，周圍恐怕不滿二百公尺，面向這座操場的是相接的兩排平房教室，走廊排著椅子供人坐息，他看到許多人穿梭廊下椅子的背後，尤其是婦女和幼童在那一帶緩緩移動。就在那一刻教室的中央前面，有一座升旗的水泥台，用粗長的竹竿架構一座布棚，上面端坐著十數位這地區的士紳。他現在只希望是個參觀者而還不急於去參與，節目一項一項在那場地上變換，也有成年人的賽跑和趣味競賽。而他極為願望的是找一個機會去面晤那男孩。他步上那一條走廊，想到另一頭的休息區去，因為那剛退出運動場的孩子就在那裡。他行走時眼睛一直朝向前方注視那孩子的動靜。他的面貌和行姿在前後的鄉人之間是特殊而陌生的，台上的人發現了他，有人奔下來迎接他上台，他懇摯地解釋說要先去看那孩子之後再過去和大家相識。他加快了些腳步，突然他的背後被猛撞了一下，像是惡意地被打在腰背上。他站住轉過身來，看到的是一位矮小醜陋的男人，用他面上不均衡比例的奇怪眼睛盯著他，這一意外的現象不覺使他內心戰慄起來。他可以斷定對方是一個粗魯和無禮的白癡。原來是更後面的擁擠羣眾前擁時逼迫著他，使他無法自制衝撞在前面人的身上，雖然如此，他亦瞭解這一情況，但由於這位醜男人給他的深刻印象，使他自然萌起一股嫌惡的盛怒，彷彿早年有人惡戲推他投向醜女的懷抱。那自尊的作祟頓時使他眼前發黑，彷若喪失視覺的機能，他向後顛了幾步，靠在一面牆壁上。當他很快恢復鎮靜後，頗為自己的舉動感到慚愧，而眼前的那位驚嚇他的矮子已經不見了。

他找到那孩子，接近他即看到那依然留在肢體上的黑疤痕跡。孩子並不知道要怎樣理會他，他的降臨又一次頗讓那孩子感到難為情，就像一位剛長成的少女很難接受一個成年人的愛情一樣。他想追問孩子一些理由，但放棄了，改問他是否要到他那邊玩玩。

「什麼時候？」

「你放假日時就來。」

「我不能在假日去。」

「什麼原因？」

「我要隨父親和叔叔到磚場做工。」

「你的父親今天來了嗎？」

「沒有，只有我叔叔來了。」

「那一位？在那裡？」

那孩子指向左近的一個賣冰攤，有一位男人正舉著冰棒要走過來，他看清楚就是剛才推撞他的那位醜態的傢伙，他非常疑惑而不可思議地說：

「是他嗎？」

「就是他。」

那孩子拋開他，奔向前去接住那人給他的冰棒。

他迅速離開那裡，無心於延展其他意圖。回到寓所，他癱瘓般地倒臥在床上。他病了，他的意識變得十分混淆和零亂。他在這樣的臥睡中暈旋在無可攀牢的流程裡，並且斷斷續續地嘔吐出一些酸苦的惡水。他感到無比的孤獨和傷心，不知是為自己或為誰哭泣著，他知道他不能自拔時亦無人會前來救助他。他似乎不想再暫時處理自己，使自己安頓得舒適一些，他任其自暴自棄地沉淪下去。

數日之後，他清醒過來，變得軟弱無力，他似乎嗅到一股發自於自身的腐敗氣味。除了這種自覺外，一切都非常的靜謐，像置身於真空的世界。他斜側著頭部，抬眼望出，看到那個敞開的門口投進一片陽光，他無法辨識這是朝陽或夕日所投進來的光亮。他憂鬱的眼神注視著它，等候著它對他的啟示作用。在這片散佈進屋內的光線裡，忽然有一個形影緩慢有序地逐漸伸展進來，並且漸漸地可辨別出人頭、肩膀和身子，最後隨著這影像進來了一個人。他跛著一隻腫脹的腳，面部帶著蒼黃和痛苦的表情站立在門內，把視線投注在角隅的床上躺著的那個虛敗的人。他們四個眼睛交接注視著，彷若時間也停住了。在這寂靜的屋子裡唯一清晰可聞的是他們在停止不動時所發出來的微弱的鼻息。當進來的孩子要移動身體時，那躺在床上的人才發出一道叫聲，說：

「道勳。」

他爬起來，用極大的意志力支撐著自己軟弱的身體。那孩子走過來攙扶著他，使他因活動而恢復一些體力。他吩咐那男孩準備一些水，他要親手洗滌孩子為磚角鑿傷已經腐爛的傷洞，他一面工作一面咬著牙齒詢問那孩子：

「為什麼這時候才來？」

「他們說可以用草藥。」

「那麼為什麼還不做？」

「一天拖著一天。」

「你的腳恐怕要鋸掉了。」

之後，有一天，他在山野隨處散步，那落日雖漸趨轉紅變大，卻依然還能照遍這一帶連綿起伏的山丘，他看到對面的山腰之處，有三個人走在小徑上，排成一列行進。最前面的是一個高大的人，那男孩在中間，兩個人的形姿非常相似，就像前面的是後面的長大，後面的是前面的縮小，最後面走著的就是那位矮小的叔叔。他們似乎是從鄰鄉的磚場歇工步行回家的途中，而大地是夕暮的光色，使站在高崗上的他看到他們曲曲折折地走在小路上，一會兒在亮處，一會在暗處。

他們的腳步如此整齊，一個緊隨著一個，永遠保持著相等的距離，像一條無形的繩索繫在他們赤裸的腳踝。他突然想到此時是前去拜訪他們家庭的時機，因此對他們揮著手，但他們走在遠遠的下方，並沒有察覺和見到。於是他快步地要走下山崗，穿過谷地和樹林，前去會迎他們。當他來到樹林的分路口，他停下來思索，他知道其中的一條可通達到他們的所在，可是他又改變主意由另一條走開了。

憧憬船

一

他和她抵達桃園這個熱鬧的小市鎮，並沒有找落腳歇息過夜的地方，只在一家餐廳吃了一頓便宜的晚飯，那是一盤蛋炒飯和一碗青菜豆腐湯。他想，身上必須預留臨時可以離開的費用。他沒有告訴她下一站去那裡，或將要怎樣度過未來時光。這是夏季的夜色，炎熱而窒悶。街道上都是來來往往的行人和車輛。他和她不斷地從一條街走到另一條街，在走廊上，從一家店鋪經過另一家店鋪。這樣他們似乎毫無目的遊蕩在這市鎮的四處。當他們無意中要穿過煙花巷時，站在每一綠燈戶門口的女人，看到他身旁有女伴，還故意向他嘻笑地招呼。她知道她們是做什麼事的；她感到很羞赧而低下頭來。

「為什麼你帶我到這地方來？」

「我怎麼會知道。」

他解釋他並不熟悉這個市鎮，他又說她們的存在很自然。他們只是路過而已。

「你以前逛過像這樣的地方嗎？」

「是有過。」

「是那些地方的地方？」

「在我們南部。」

「你在自己的家鄉做那種的事？」

「只是去看看而已。」

「有那麼好看嗎？」

「並沒有什麼好看。」

「我猜想你做過那種的事。」

「我不必為這個說謊。」

「不過我可以原諒你。」

「做那種事，事後總會懊悔。」

「難道沒有一點樂趣才去的嗎？」

他搖搖頭。

「為什麼一個男人會去做沒有樂趣的事？」

「沒有人會想到它是不是有樂趣。」

「那麼想到什麼？」

「我不知道那種情緒叫什麼。」

「但是你做過，你知道那種感覺。」

「洩恨。」

「是洩恨嗎？」

「好像是。」

「向無辜的女人洩恨？」

「女人當了妓女就不是女人。」

「那她們是什麼？」

「假如女人在當妓女的那一刻還是女人的話，就沒有什麼分別了。」

「我仍以為她們是女人。」

「妳要這樣以為也無不可，可是我不以為。」

「你到底把她們看成什麼？」

「她們那時只是工具。」

「有許多不幸的少女被迫，那麼你把她們也一同視為工具？」

「誰知道誰是不幸的，但只要知道就不一樣了。」

他們已經走到較為光明的街道來，他們雖然迷失了方向，可是依然還在這市鎮的街道。

市面上的商家逐漸在陸續地關門，以便結束一天的買賣。街道上人較少的時候，便會隨處感覺到幽暗和寂寥；某一處牆壁或樹木不為燈光照到的地方，或窄巷都是黑漆的，似藏有大馬路所沒有的懼怖。他似乎在藉長時的散步來緩和神經。她完全不知道他想做些什麼，當他們打從高雄乘坐火車來時，他只簡單地說到北部來玩，順道找找朋友。她是戲院的服務員，做領票的工作，她向戲院的老闆請假。每一家電影戲院總是雇用很多的女孩子來做賣票，收票，領票的工作，這些女孩子大部份都是未婚的少女，而且工作的時間不會很長，當她們有另外更好的工作機會時，便會辭去這種沒有保障性的臨時工作，她的朋友都叫她音音，她和那些做同樣工作的姐妹在工作完畢之後，總是相聚在某一個的家裡，做些好吃的東西來吃，討論交男友的事。她說很喜歡跳舞，並且在舞會的場所認識自己喜歡的男朋友。音音就是在這樣的時機和宏良在一起，他們只相識兩星期就顯得非常相知。他們有相似的身世背景，父母都因為他們被學校退學而不再理會他們，而音音只好自己找事謀生，而宏良退役後還沒有找到職業。她實在走得很疲累，想起當領票員還蠻輕鬆，但薪水不多。她很想上夜間大學讀書，然後找一個完全是白天的工作，她覺得很可惜只唸到高二就因參加聖誕節的派對被學校查了出來。她走不動了，落在他的後面，覺得他今夜十分怪異，不但甚少說話，還似乎在盤算什麼神祕的事。

「喂，怎麼搞的？」她說。

他停下來，臉色陰沉和蒼白地回頭看她。她走向前去問他該怎麼度過今夜。

他說：「我們先歇一歇，喝飲料。」

他們又走過一條街才找到一家冰菓店。他們手牽著手走進去，選擇一張靠牆的桌子坐下，她的背面向著門口，兩個人面對面坐著，而他的眼睛可以由她的肩膀越過看到對面一家燈光明燦的金飾店。他問她想喝什麼，她望著他沉毅的面孔，感覺比在吃飯的時候更為嚴肅。他最後叫了一瓶黑松汽水，兩個人喝。

「你說我們來找一個朋友。」

「我只是想是否能在市街上碰到。」

「你不知他住那裡？」

「我沒有來過，現在我想他並不在此，不似他自己吹牛說的是個頂瓜瓜的人物。」

「那麼我們離開此地還是找個旅舍住下？」

「在離開之前，我要送你一件禮物。」

「什麼禮物？」

「當然是相當貴重的東西。」

他拉著她走出冰菓店，朝對面的金飾店走去。這條街現在只剩下兩三家賣吃的店還開著，金飾店的鐵門也拉下了一半，三三兩兩的行人顯不出什麼熱鬧。不久，當他和她從那家金飾店奔出來時，他從身上掏出一隻暗藏的手槍，朝那位追趕出來的老闆放了一槍。

二

兩天之後，他和她出現在高雄過港旗津的海水浴場沙灘。他們已經在太陽下曬了一個下午，現在乘著黃昏，在廣漠的沙地上沿著水邊散步。他的體格碩壯，皮膚黝黑，像是極好的足球運動員。他們的手臂互相摟著對方的腰背，像兩個情深的愛侶。但她的心情顯見沉重，而他的精神看似虛無。他非常冷默地在聽著她說話，可是當他說話時又會轉為激動而憤怒。她知道他不是對她一個人發怒。他們走到這沙灘的中段，這沙灘似乎永遠走不到盡頭，突然雙雙坐下來，腳擺在水邊，雙手依然還互摟著對方。坐下來之後，他們的頭抬起來正好注視到海面上開航經過的一艘大船。

「看那船多美啊！」

「這船看起來令人羨慕。」

「我不知道我們是否能游到它那裡。」

「這要試試看，我想能。」

但他搖著頭說：

「等到我們游到那裡，那船已不在那裡了。」

「我沒有想到這一點，我只注意到它和我們這裡的距離，照這距離講並不遠。」

「當然不遠，而且可以輕易地游過去。」

「那船移動的並不快。」

「它太大了，使這海面看起來狹短。」

「它似乎一直停在那裡。」

「它離我們很遠，只是看起來很近罷了。」

「你想它在等候我們嗎？」

他把頭轉過來看她一眼，她也看他，他們看起來卻很可憐。

「我也這樣想。」他回答說。

那女的眼眶濕潤著，但沒有哭出來。她眨眨眼，讓淚珠落下來。現在他們又向前方瞪著那艘有紅白黑色澤的郵輪。

「如果我們能夠搭乘這艘船去旅行的話……」

「我也在這樣想。」

「你想我們會有機會搭船去旅行嗎？」

「我不知道啊，音音。」

「你最好答應我。」

「好，我想會有。」

「這很好，我跟你是有代價的了。」

「不過……」

「不要說了，你已經答應過就好了。」

他們沉默下來，什麼話也沒說。他們注意到那船確實已經向前移動，它在那個海面上漸漸由北偏向南邊。

「我看它不會等我們。」

「假如它能等我們，我們就會游過去。」

「我真有點恨它。」
「要不是它那麼美，我們也不會對它期待。」
他把頭轉開去，又轉回來注視那船一眼，然後閉著眼睛思索。她沉靜下來，於是問他：
「喂，明天我們該去那裡？」
「什麼？」他醒來，問她說什麼。
「明天啊，」
「什麼明天？」
「明天我們到那裡？」
「我也不知道。」
「那怎麼行呢？」
「你不明白嗎？我們只有現在。」
「我知道。但我們總該有個計劃。」
「什麼計劃？」
「對我們的未來。」
「我們根本不能有什麼計劃。」
「難道我們不要活下去？」
「我們現在只是行屍走肉而已，沒有任何精神要質。」
「我一直感覺難過，沒有快樂。」

「我們甚至連難過的權利也沒有。」
「你說我們已經喪失了應有的一切？」
「不錯，我們什麼也沒有了。」
「那我們連話也不必說了。」
那艘船似乎變小漸遠而去，雖然它還在海面上，但十分偏向南方了。
「我想離開你，宏良。」
「我不應該再留妳了，妳是無辜的。」
「我早想要走，我應該走。」
「不過我們也許該在一起片刻，或一小時，或一夜。」
「這沒有什麼用處，我只是想要走。」
「我現在只有妳，音音。」
「我們什麼希望也沒有，我還是走開的好。」
「隨便妳了，妳害怕。」
「不全是為了害怕，我很想回到戲院去，只有三天的時間，老闆不會太責罵我，他會讓我繼續有工作做……不，我想我是幹不下去的。」
「妳可以重新找事做。」
「那你呢？」
「我任我隨便。」

「我沒有你，我不知道去那裡？」

「妳或許應該試試看離開我一下，妳去搭渡船回市區去轉一圈，去找妳的那班姐妹，如果妳決定不回來，就這樣分開算了，如果還想回來，我會在路邊攤喝酒等妳。」

「不要，這太恐怖了，我還是要依靠你。」

「那麼妳就不要走。」

那艘船已經消失了；事實上是夜色把它吞沒的，它應該還留在海面上；雖然可能距離很遠很小，但它還是存在。

我的小天使

他說：我抵達高雄時已是午後時分，我的行囊是一架照相機和一套內衣褲，還有一些金錢。高雄對我來說是個陌生的城市，我可以追溯二十年前在畢業旅行時曾在那裡參觀了一整天，時光卻已經把它擴展和裝飾得像一座無邊的大城，過往的印象已被擦拭消失。我的首要工作不是來認識和記憶它的格調，三月的陰霾天氣，我下車站在車站的廊下，感覺它灰灰而零亂，沒有一處值得讓人嚮往的方向；這是我路過而必須在旅程中轉船的地方，我無需去計較它給我的美醜觀感。我走進車站對面的一家大飯店，詢問櫃台的服務員，問她是否可以買到一張飛往蘭嶼島的機票，她回問我要什麼時候起飛的票，她的問法使我誤以為可以隨買隨走那樣方便；我毫不猶疑而且急切地答說現在，然後她轉變的表情在未答覆我之前已經告訴我她以為我是個旅行的門外漢。她回頭注視壁上的掛鐘，我也隨她的動作才確實知道現在是下午四時過一刻，她似乎不想多費口舌而用搖頭來表示沒有。我想進一步瞭解飛往蘭嶼的飛機情形，她的臉上幾乎沒有一絲笑容，她不說今天最後一班的飛機是什麼時候開走而只堅持說現在沒有飛機了。隨後她就叫我自己到旅行社去而不想再理會我了，但是我又必須問她旅行社在那裡？她對我的無知頗表驚訝，我沒有想到她會對一個本國人這樣缺乏耐心。她乾脆說要我親自到機場跑一趟就清楚了。如果她能清楚地告訴我，我何必再花時間和車費到機場去呢？如果這裡就能夠訂購到機票我為何要回到街道上去尋找旅行社呢？最後她說除非我想買明天起飛的票，我說好，買最早的一班，她說最早的一班是明晨八時起飛，七點鐘飯店門口有專車開往機場，如果今晚住在飯店的話，我說不。

我沿著街道的騎樓漫無目標的行走著，由於剛才和那位飯店女服務員的周折，我堅不住下那樣大派的飯店，但想到還是要在這城市滯留一夜，頓時感到滿身的孤獨。這裡沒有我的朋友，今夜將如何排遣和棲身呢？我依照行人的指示走到有名的愛河河邊，坐在公園的樹下石凳歇息。我從旅行袋裡找出一本手記簿，這本小簿子已經用了幾年，原本是潔白光整的，現在卻有些變黃和磨損。我帶著無聊和徼幸的心情，一頁一頁地翻看著；頁次上只記載幾個人名和地址，只限於生活在北部偶有往來的朋友，還有幾行讀書時隨手抄下的句子：只有世界的靈魂才是不滅的；個人的靈魂是不能不滅。這句話使我覺得我的存在顯然微不足道而自憐起來，毫沒有當時的體會那樣的崇高。當我突然想到此地有一位表兄弟之時，我合了簿子丟回袋子裡，即刻走出公園，招攬來一部計程車，前往鳳山的一處宿舍區。我在那裡兜轉了一個多鐘頭，經過多次的探問才走到那位表親的門前，可是那門戶緊鎖著，我問隔壁人家，才知道他們全家到港口去赴宴，什麼時候回來不知道。

這城市在夜晚比在白天更使人覺得空虛無依，極容易領會到商店的燈光之外就是黑暗的曠野的感覺。而幾處熱鬧的夜市卻令人不舒服。我已經累了，必須有一個安頓休息之處；我也餓了，需要食物，我經過一家麵包店，緊鄰是一家小餐飲室，我站在廊下觀望著，敞露的門口可以清楚地看到裡面窄小空間的擺設，有一位女郎坐在櫃台的高凳上，埋首品嘗一盤玉米湯，旁邊的細竹籃放著洋芋片和雞翅膀。有一道樓梯通往樓上，我一面走一面俯覽這個淒涼景象。樓上的陳設簡陋而俗氣。中央走道的兩排座位模仿火車的車廂，只是靠背的木板顯得過高。我知道要在這樣的地方並不適宜吃餐飯，這些地方顯然是佈置給入夜後的年輕情侶。但我既然上來就只好選擇一處坐下，尾隨的女侍正在等候我的吩咐，我依照他們能供應的食物要了一份漢堡和牛尾湯。除了我之外，整個樓上還有兩位面對面說話和抽煙的青年。音樂傾訴著一首名叫「Feeling」的流行歌。我撥開窗帷望出，街道上是來來往往的人潮，走廊下也有飲食小攤。我一面吃一面想：這不是一頓豐富的晚餐，卻能給過路的人療飢和駐腳，我從遙遠的北方來到這南部的城市，好在並沒有人看出我的孤單，就是那兩位青年也無暇忖度我，為何像我這樣中年人怎麼不在安全和溫暖的家庭，而我的心靈似乎與這世界格格不入，到底我在吃飽之後又要投往何處，因為這裡只能供我暫時的歇息片刻。不久，樓梯開始響著頻頻的腳步，一對一對的少年男女上樓來選擇他們今晚要敘情的位置，我意識此時正是我應該讓出退走的時候。我下樓俯視櫃台時，原先那位女郎還在從容地吃著最後的一片洋芋，我付帳時她舉頭望我，她的眼神似乎在詢問我為何要如此匆促。我突然感悟著，也許等她吃完，她可以和我攜手離開同往。但我邁出腳步，沒有回頭，因為我相信這世界沒有同往一處的目的，不是時間不同，就是地點不同，我還是坦懷磊落地獨去。

當夜我投宿在一家中等規模的飯店，要我再折回火車站前的那家大飯店實在是不可能，唯一的理由是價錢太貴；而要我住進設備老舊和衛生不良的便宜旅館的話，我寧可睡在公園的石凳或車站候車室的木椅，因為那種旅社可能半夜還太吵鬧。我沐浴後就睡下，無心觀賞飯店提供的閉路電視節目。不幸的是我在睡眠中被門鈴吵醒，我滿心疑惑地起床去開門，原來是這一樓的服務生，她像有祕密事要告訴我似的走進來。她是個乾瘦卻很聰敏而有禮貌的蒼白婦人。我回坐在床沿，她則站著對我說話。

「你那麼早就睡覺嗎？」

「我沒有什麼事。」我說。

「你沒有看電視嗎？」

「我不喜歡那些耍寶的節目。」

「我介紹一位非常好看的小姐給你。」

她討好地望著我微笑，極小心怕觸犯我。

「我叫她來陪你。」她又說。

「可是……」我心裡很躊躇猶豫。

「她是適合你要的小姐，我可以看得出來，隨便的人她也不接受。」

「我並不需要。」

「先生，我知道你的品味，我叫她來給你看看，如果不滿意，叫她走沒關係。」

「妳還是介紹給別人罷。」

「你相信我，我瞭解你。」

「我沒有多餘的錢。」

「你太客氣了，這是機會，不是頂好的小姐，我絕不介紹給你。」

「什麼價錢？」

「當然要貴一些。」

她比出一根手指頭。

「一千塊？」我驚詫的說。

「不是很便宜嗎？」

「算了，別叫她來。」

「你是藝術家，要錯過這個機會嗎？」

「妳叫她來，我可不保證要。」

她退出去，我回到床上，我已經沒有睡意，室內只有低低的床燈，很幽暗，我在等候著，並且產生遐思和心跳。然後無聲地走進來一位體態高健的女郎，她穿著質軟的深色長衣裙，棕色般的皮膚，面容靜默像個很執拗有個性的鄉下人，而不是那種虛華的在城市長大的使人厭膩的女人。我們對視片刻，我沒有即刻請她走，也沒有表示要她留下。她低傾著頭，移到鏡台旁邊，細細地解開衣裳的鈕釦，然後露出其實比藝術品更動人的身體，這樣豐實的形姿很難叫人抗拒。當我伸出手表示我的友善和愛慕時，她移動雙腿像韻律般走過來。她躺在我的身邊，沒有絲毫羞澀和躲藏，欣然接納我的擁抱和撫摸。我們鼻尖相觸地面對面親吻，我抑制著自己的衝動，希望能永恆地維持這種美好辰景。我在她的耳邊輕語道：「你從那裡來，這樣真實完美，你怎麼知道我的需要，我感到快樂，你也快樂嗎？」我可以感覺她隱伏的感動漸漸湧升上來；我又對她說：「我們相遇了就不要再分開。」她似乎認真地在傾聽著我的話語，那對在幽光中顯得特別明亮的黑色眸珠一直在注視著我，在幾乎相貼的近距離索尋我的特徵，沉默凝聽的表情也像在回憶什麼熟悉的聲音。突然我感覺到她那意想迸發的情感被什麼潛藏的意識壓抑而回退了，她那習慣於陽光的純樸容貌瞬息之間像花朵般萎縮變樣，好像一個誠摯的少女變幻為世故的婦人，一股強烈而帶譴責的意識佔有她而向我投視過來，剛才悅意的迎合轉為一種厭惡般的拒絕。我的快樂已經過去，像雲煙和流水快速消失；我靜靜地躺著，認為任何妓女對於多情的嫖客都有一種最後嘲笑的反擊回報，我甚至認為我多佔有她的時間而使她不高興。但我無法多想，在她起身走進盥洗室之前，最後注視一眼她的背影。我起來從皮包裡拿出一張千元鈔票，把它放在鏡台她脫放衣裳的地方，使她能在穿回衣服時看到，我消沉地蜷身閉眼而睡，那鳴響的心弦很快止息沉靜了。

翌日早晨，我由於內心的遲疑而錯過了應往蘭嶼的飛機，我根本沒有趕去機場，坐在床沿想著昨夜的事，手中握著那女子沒有帶走的那張鈔票。我不知道她離開時是什麼情形，只是不解為何她沒有要那對她而言才是重要的東西。她不是為此而出賣肉體嗎？她不拿我的錢是何道理？我不得不從頭回憶整個和她纏綿的細節，我覺悟著她中途遽變的態度，她的黑眼珠不斷注視我進而發現我、辨識我，她的眼瞼似乎展佈一層鄙夷的憎惡，我已達到目的。我忽略這尾聲帶來的莫名不快，我任她去了，她是誰，我自認從來未曾見過這樣沉默的頗像漁戶人家的神祕女郎。我閱歷不多，這種在旅途中召妓的事真是少見多怪，她不拿錢，這表示我和她有著一種莊嚴的關係。我叫來那位拉線的女侍，問道她是誰，她還不知情地微笑說：

「一個好女郎不是嗎？」

「妳再請她來好嗎？但不說是我。」

「你還要她？」

我表示說：「是的，我要她。」

「這麼早，她可能還在睡覺休息。」

「妳打電話催她快來。」

她去了之後轉回來告訴我說：

「奇怪，她昨夜回去之後就走了。」

「聽那邊的人說要回家鄉去。」

「到那裡去？」我焦急地問。

「她的家在那裡？」

「我不甚知道那地方，是北部一個名叫萬里的鄉下。」

「萬里？那麼她叫什麼名字？」

「她的名字喚做月琴。」

這不知好歹的女侍退後，我墮入沉思；我自言自語：「會是她，那個小女孩？這簡直不可思議。」一個將近二十年前的小女孩的倩影復甦在我的腦幕。為了證實，我快馬加鞭地趕車北上，可是一切都慢了一步。「她匆匆回來，又匆匆走了。」那年老的母親說。當我由學校畢業剛派到那偏僻的漁村任教時，這個性倔強但可愛的女孩曾屢次帶領我到她們的家。那老母親憶起我來，拿出小女孩和現時長大成人的照片在我的面前，我不禁感觸在我去職離開這小漁村後，宇宙瑪雅的幻力在外表欺騙了我們，使我們在突然的相遇互不相識。聽那母親說，自月琴的父親前年過世後，她即離家謀職按月寄錢回來。我沒有對那蒼老的母親道出一切的祕密，我告辭了。我沿著那段潔白的海岸走回來，那是年輕的我和學童們一起戲水和玩要的老地方，我帶著羞慚和懷念的沉痛心情，希望她仍然還是個天真的小女孩，不，事實已不可能了。

哭泣的墾丁門

我們離開時下著雨，車子照例要打從那座城門似的牌樓經過；從山上蜿蜒而下，到達平地便成直道，駛向那與兩旁樹木相襯而單純入扣的門樓風景，車子排向它，透過雨淋的前窗，我迅速地按了照相機的快門。這張照片會如我所見的一樣，灰黑的調子，模糊地顯示像幽靈一般悲愁的墾丁門。就這樣過去了，離開了墾丁，我的身旁坐著何麗芳，她的臉色憔悴黯淡，眼神癡呆，感冒使著她整個削瘦的身體軟弱無力，她穿著前來時同一件白色有皺紋的衣衫和牛仔褲，可是卻像不同樣的一個人。我必須把她送回我們從那裡來的打狗港。我在那裡邂逅她，在一家觀光飯店的咖啡座，她原是離我頗遠的坐在兩相不銜接的牆壁的位子，但等候的卻是同一個人，那位我現在要詛咒他的歐維。我分不清到底是他慫恿何麗芳或她自己決定跟我來，這似乎並不重要和追究。我見到歐維從大門口進來，他是個人見人愛的瀟灑男子，二十多年前我和他在同一所高中畢業；他向咖啡室的方向走來時，我舉手招呼他，我怕他已經不認識我了，而他永遠是那個吊郎當的姿態；我站起來離開座位在走道上和他握手，然後又像當年一起打球時那樣狠力互拍手掌。

「歐維，真是好久不見了啊！」我說。

「是啊，」他的童子音依然還在。「膽小鬼，什麼風把你吹來？」

「別說什麼風了，近況如何？嫂夫人好嗎？」

「都很好，我先給你介紹一個女朋友。」

我詫異地看著他，他把臉轉向另一個方向，對著最裡面單獨一個人坐著的女郎招了招手；我向後轉時，正見到那位同我的同窗好友一樣高瘦身材的年輕女子走了過來。

「她叫何麗芳。」歐維說。

「我叫周子瑞。」我自我介紹說。

我們都覺得高興，坐下來後重新叫了三杯咖啡，這是一天中的大清早，需要它來醒腦。歐維說晚上要請我在牛排館喝啤酒，還要找這裡的同道朋友摸四圈，他問我帶足了錢沒有？我說我根本不來那一套耗神費時的玩意，我有任務在身。

「我必須趕去墾丁為一家旅行社拍攝旅遊的風景。」我解釋道。

「那麼等你回來，我們一定要好好敘舊。」

「墾丁我不熟，我想要你陪我去一趟。」

「不，不，我那裡有閒去遊山玩水。」

「我一定非要個嚮導不可，我們兩個正可以一路瘋著去，瘋著回來。」

「我陪你去。」何麗芳突然插進來說。

當我頗感意外地望著何麗芳時，歐維表示說：

「這樣很好，她陪你去，她的旅費我負擔。」

我完全搞不清楚這到底是怎麼一回事。歐維是一家外貿公司的協理，他說他目前非常忙碌。他和何麗芳同時離座，要我在原地等她。約一個小時後，我重見何麗芳整裝出現時，我的意識像夢一樣覺得不是真實。我現在也回憶不出這之前她是什麼樣子，我只能記住她和我在一起旅遊的真實形象。我們一同出發了，她和我走在一起時，人們無不以閃亮的眼光注視我們，就像這個世界的電影所標榜的中年男子和年輕女郎相攜的模樣。

前往目的地的旅程由她安排搭車，我預先交給她一些錢，一切費用由她來付和記帳，我想說服她全部費用由我出而她不肯接受時說：「我不是你的嚮導，我正想出去散散心。」她冷默而嚴肅的表情像是有意裝作要人對她另眼相待；我雖不是能看透人的心理學家，卻料想她有那種出身寒微而表現傲慢的態度。我和何麗芳同奔一個旅程，外表相伴和諧，但我在知覺中感到她提防和排斥我的心理。在擁擠的汽車裡，我們坐在一起，說話不多，而我的心中一直盤旋著何麗芳為何貿然和一個以前都未曾見過面認識的男人去旅行的疑問。我看不出她到底喜歡或不喜歡我，我想她不能忽視我是個男人，正像我不能輕忽她在我的身邊是個相當引人遐思的女人。

漫長的汽車旅途裡，我對何麗芳講解攝影入門。她的模樣卻不能叫人相信她能完全瞭解最基本的攝影術。我的是一架跟隨我東奔西跑幾近二十年的輕巧的「片達克斯」。她胸前掛著的是一架重大的「坎隆」新型機，她說是老歐叫她帶的，但她連裝底片都不會。我並沒有多大耐心去教會對攝影的無知者，而何麗芳不論如何，她的外表總會裝作得很在行，這一切就叫我放心，我根本不會去理會她到底能不能拍好照。我心裡有段時間很納悶，要不是我親身經歷和何麗芳這樣年輕我二十歲的女子相伴出遊，我可能不會去想我為何對新生代的一切這樣毫無知識。

到了恆春已過中午，天氣十分的炙熱，我們走在街道上尋找乾淨涼爽的餐館歇息吃飯。我們在一個有木板的樓上喝啤酒，一架電風扇朝著我們嗡嗡地響動著，何麗芳的精神顯得昂奮愉快，吃了不少她喜歡吃的蝦子沙拉。然後我們雇用一部計程車駛向我們的目的地墾丁。這一路上，多嘴的司機滔滔不絕地向我們談到一般旅客在墾丁地區投宿的種種情形，我為了想瞭解和有所比較，車到墾丁時，我要他先開到教師會館；但那裡拒絕非教師的旅客。何麗芳十分心儀住在臨海的海濱別墅，可是客滿了。我們頗不滿意路旁林立的民家旅館的髒亂和低俗的陳設氣氛，最後才通過墾丁門向座落於山腰的宏偉的賓館駛去。司機說，它的環境雖然優美，可是離海灘頗遠，價錢也很昂貴，而且運氣好才能有客房留下來。說的也是，我和何麗芳被迫只能共同一間套房，而不能分開住兩個房間。我們的內心很尷尬而又不得不順從。何麗芳卻顯得一點也不在乎，甚至，迫不及待地催我上樓去看看那是怎樣的房間。室內的確整潔寬敞又高雅，有兩張床，雖然窗戶不能朝海，山景是一片綠意。何麗芳像回到家一般，放下旅行袋，把相機拿下擺在鏡台桌面上。我站在窗邊望著賓館後院的花園，心情十分緊張，不知如何適應面臨的情況。何麗芳倒了兩杯茶，端來放在小茶几上，要我坐下來。

「我喜歡無憂無慮的旅遊。」她說。她談到前不久去花蓮的事，她在那裡住兩個星期，幫她的表姐照顧化妝品的生意。她說的話的意思我不完全瞭解，不知道如何和她暢所欲言而能不分彼此。「我要乘這暑假儘量的玩，這就是我來的目的。」她說她和老歐在夜校認識，他是她的日語老師，之後老歐常交給她一些事情做，從十八歲開始，至今已有三年多了。我一面裝著傾聽她的話，一面內心恍恍惚惚思想著。屋外的午後，陽光依然很熾烈，我的眼光透過落地門窗的紗網，看到近山天空成簇的雲層，它們凝成怪獸的形象，緩緩變化著。

賓館的前院有一口大游泳池，因遇到盛夏的枯水期，沒有放水，曝曬在明麗的陽光下。四周的花園整修得很悅目，我和何麗芳在花叢的走道散步。我們走進看來較少人跡行過的角落，小徑的窄狹使我們的肩膀相靠貼近。突然我驚愕地駐足看著何麗芳從我身旁分開，毫無阻擋似地要穿過屋簷和龍柏樹空間展佈的蛛網，一隻巨大而漆黑的蜘蛛棲守在架設的網線中央，何麗芳滿覆黑髮的頭顱與那黑物的形像相疊而吻合。轉瞬間，他們分開了，何麗芳轉身朝我走來，站在我的面前，像護衛一個失去魂魄的男孩吻著我的前額，使我再度從幻覺中回到真實。

我們轉回來在後院的停車場遇到一羣剛由海濱浴場搭車回來的人們，他們皮膚已曬成鮮紅的色澤，何麗芳無比雀躍，催促我奔回樓上的房間，她換了裙衫和便鞋之後，我們上了賓館的交通車也向海灘出發了。她喜愛海洋，似乎要把她的整個身心投在那個廣闊的空間，從她脫掉裙衫，露出棕色的膚體看來，她像一個酷愛自然的洋人樣有一個勻稱的身材。我坐在沙地上，忘懷了一切，只有默默目不轉睛地欣賞她立在沙灘，以輕捷的步伐走進水裡，讓那激動的水包繞她，彷彿一些透明的藍彩潑在她的肌膚上；當她游出去時，她的長髮柔順地披在頸背，可以看到那可愛的肩臂舉起和沉沒。她從水裡出來，正著面向我走來，她像知道我內心對她快樂的傾慕，我的眼睛不敢移開對她的注視，除了「美」我無法形容對她的喜悅。我的一生為追求藝術而工作，而我只能相信惟有赤裸的女人才能看出美的本質的存在。她立在我面前，使我抬頭仰望她，她伸出修長的雙臂，要拉我起來，而我握住她濕濕的手掌的手是顫抖的，我真想抱住她，擁有迫在眼前的肉體。她說：「你不玩水嗎？」我梗塞沒有回答，她又說：「那麼我陪你在沙灘慢跑。」她不知道我是在西部海濱長大頗識水性，她也不知道我此生第一次墜入於迷幻的世界裡。我們並肩齊步慢跑了一會兒，她不明白我到底是快樂或是痛苦，而我不能對她說：「我們來比賽，誰輸了就是輸掉自己，誰贏了就是贏得一切。」不，我不能去欺騙一個還尚無知的女孩，她還不知道自己，也不知道這個世界，她依然處在純潔的生命裡，我無權去撥動干擾她。

我們置身在熱鬧擁擠的賓館餐廳中，我和何麗芳面對面注視著對方；我們的頭髮還是濕的，但已洗過澡換了乾淨的衣服，饑餓愉快地享受我們認為最富美的晚餐。沒有人不對我們由內心裡顯露在外表的和諧投來羨慕的眼光。事實上我並不為這虛榮感到驕傲，當我注視何麗芳時，我只感覺我和她的特殊存在，只聽到我自己的心跳和她的語音。我眼中和心靈存在的事物是具體而又神祕，是真實而又遙遠虛無；從何麗芳那明耀的眼光和略近冷峻的臉龐，我看到短暫生命背後的恆久的本質，使我要湧出的熱情屢次回復它原初的沉靜。她已經對我表露出尊敬了，她能暢懷吃下面前桌上的食物，我們已無迷惑的憂慮。我們能夠用眼光交談，就無需多用嘴巴，她在整個晚餐過程中，不斷地碎碎啜著飲料，細細嚼著肉和蔬菜。

餐畢，我們走進康樂室玩了一個鐘頭的撞球，這是何麗芳建議的。她似乎對什麼都想一一嘗試，尤其在這賓館內的設備，她想盡情地玩耍。最後我們必須步上樓梯，走向我們今晚睡眠的房間。我用鑰匙開門時，她靜靜立在我的背後，我請她先進，在走道的幽暗光線中，她遲疑著沒有舉步，她那突然又恢復的嚴肅面目使我不得不對她追問著：

「何麗芳，您心中並沒有我的存在，所以妳不能和我……」

她點點頭。

「那麼妳不必在乎我，我會……」

她還是站立不動，望著我，露出可憐和生氣的樣子。

「我向妳保證，我是個安靜和沉默的人。」

她終於走了進去。在房間裡，何麗芳倚立在窗邊看著夜色，我從盥洗室出來時，她還站立在那裡。我在靠牆的一張床睡下，我累了，我用眼光瞥望何麗芳一眼，她沒有任何動顫地站著，她的身姿受壁燈的照射，有一半是亮，一半是暗，她像沒有生命吊掛在窗帷旁的蠟像。我沒法解釋這是什麼道理，我由內心裡湧出對何麗芳無生命意志的模樣的憐愛，我想到我們頹廢地褻瀆生命，受時間和空間的擺佈，成為生活的傀儡，受制於繁雜的情感的約束而失去了清朗和真正快樂。何麗芳似乎在那裡等待開啟和引導，可是我沒有比她好多少，我並沒有那種自作聰明的勇氣，我已習於冷淡地對待一切，這一天中我們的結伴只是讓我們記憶些閃動的幻影，無法讓我們真正體會感情的流注。我幾乎快睡著了，何麗芳依然站在那裡。

我睡醒時窗外有些微白的光亮，她靜靜地躺在距離我一臂之遙的另一張床鋪上，長長的身子裹著白色被單，上面加蓋著黃褐色氈子。我盯視著這沉靜的臥室，回思我醒前的種種可能情形，卻想不出她在何種時候才離開窗邊，她更沒有把窗帷拉上。隨著晨曦的降臨，從屋外的山間進來一股寂冷的氣流，它最易使人裹緊被蓋屈身沉睡，卻最易令我甦醒而思想敏銳。但我感覺著這世界一點也沒有改變，它依然美好和安寧。我不想打擾何麗芳的睡眠，輕輕而悄悄地坐起來，把雙腳無聲地移到床下，赫然看到何麗芳像受驚的木乃伊猛地彈起她僵硬的上半身體。

「我們要那麼早出發嗎？」她露出蒼白疲乏的臉色問我。

「對妳來說不必，可是我……」

「我要跟隨你走。」她的雙手舉到頭上梳髮，做出要下床的準備。

「那麼我先到吃早餐的地方等妳。」我說。

我們坐在這幢樓的另一邊的優雅陽台喝咖啡和吃麵包和水潑煎蛋，可以俯覽著整個墾丁的海濱一帶的風景。我們討論早晨出發去遊覽和拍攝的細節問題，我拿出地圖先熟悉一下貓鼻頭或鵝鑾鼻這種古怪的地名。我們先坐早班的賓館交通車到山下，再雇一部計程車帶我們到想去的各個地點。何麗芳又顯得愉快活潑，她的姿態不亞於我這個老攝影手，她頭上戴著一頂在恆春買的寬邊草帽，十足像個觀光客人，有著年輕貌美的女人的瀟灑和萬般風情，而我像是陪侍她的跟班僕人。我們像一切陽光下的自然事物般充滿快樂和忙碌。到了中午，我們順利地完成任務而安然回到賓館吃午飯。我問何麗芳是否還要一同在午後去遊歷公園的熱帶樹林，她說她不去了。

我突然感到單獨行動的輕鬆和自由。當我漫遊於陰森的樹林時，我又突然想到我離開何麗芳，惡運可能會前來襲擊她，魔鬼最喜於揭露人間內心的虛偽，它會把我和何麗芳拆散為真正的陌生人。黃昏前我疲乏地回到賓館，就在樓梯和何麗芳相遇，她急忙地衝下來，她立定在我面前，出奇大方把手靠在我的肩膀上，用極快速的話說道：

「我遇到一羣志同道合的年輕人，我要去加入他們狂歡的行列，他們住在海濱別墅，晚上你一個人吃飯，我也不回來睡。」

她說完吻著我的臉頰後就以飛奔的步伐下樓去了。我無法形容我當時的愕然情形，但事實就是如此，我根本來不及阻止她。

我癱瘓似地走進房間，望著她留在桌上的潦草筆跡的字條，我疲倦和絕望已極，毫無多餘的心力再去想像她離開後的一切，當她和我在一起時，固然顯得十分荒謬和不可思議，而她的離去留下我一個人，我的意識仍然是一片無意義的虛無。我為藝術奮鬪十數年，卻一直衝不破孤獨和寂寞，我早已對人事失望而否定愛，可是我內心急迫需要的還是愛。這世界唯一存在的也只有愛。當晚新聞報導南台灣海上颱風警報的消息時，我內心掛記的是何麗芳。我當然不能前往去尋找她回來，那是我不能隨便闖入的新的年輕世界。

夜半風聲和雨勢把我打醒，我再也不能入眠，我只能祈望何麗芳回來。我起來站在窗邊望著黑漆的室外，像前夜何麗芳為什麼而凝定眺望的一樣。我不知道站了多久，也許整夜，直到我看見後院停車場的圍牆跳進一個人影，我看到他跌倒再爬起來，朝樓下大廳的門走來。我迅速行動著，奔到樓下，打開拴牢的玻璃門讓淋濕而全身冷顫的何麗芳進來。早晨我們的車子通過墾丁門之後，就一直在路上面臨著風雨吹打的景色，我無心去詢問何麗芳昨夜的遭遇，她也無力訴說。

木鴨、沙馬蟹和牛仔的故事

第一章　木鴨

「久違了，福爾摩沙！」木村先生下飛機時充滿激動的感情這樣說。他說這句話是有淵源的，當他稍識懂事的年紀，他是隨父母親和更年小的弟弟在戰敗的那年被遣送回本國去的，而他的祖父是最初登陸佔領這個割讓的島嶼的一名威武的陸軍軍官。「我曾在這裡度過金黃色的童年時光。」木村先生的語聲裡有濃重和被窒悶的鼻音，在他那近乎偽裝和權威的神祕感的眼鏡的陰影下，歪斜著他的倒勾型鼻梁。許多人都還曾記得：在佔領期間，日本人和台灣人的小孩是分別在同一個學校而不同的教室上課的，因此常有打架的情事發生，而在他們等待被遣走的那段時間也有遭人痛毆的事。木村先生不喜歡台灣大城市像東京早期現代化的那種混亂無章的模樣，陪伴他的女郎和隨侍的嚮導人員辛苦地和他跋涉風景優美的鄉村和山地。有一天他們路經一處高嶺地的樟木樹林，木村先生習慣吐出有涵養的讚美，他說：「好美啊，森林！」陪伴的人靠近他解釋說：「這樣的樹木是專用來雕刻的木材，他們供佛像的雕刻是用也用不完的，在輪序砍伐和栽植之間永遠可以保持這片廣大土地的青綠，除非……」由於這一說明，似乎觸動木村先生富於創見力的靈機。這片優美樹林的印象讓他帶回日本依然猶未忘懷。未久，他派了他的商社的一名幹員攜了一隻木鴨的造型前來，他不諱言地表示這木鴨將由日本的商社大量地轉銷給世界前進國家，供遊樂人士打靶之用以代替禁獵的水鴨。

這消息樂了沉悶多時的長腳水添，他由中盤商那裡分配到的數量就令他興奮得不能睡覺。他把先前熟識的木刻工招集過來，包括那位平時騎著一部褪了色搖擺不穩的老舊三陽八十機車的破瞳松仔，他們那一羣有時工作有時玩在一起的夥伴總是嘲笑他騎車時歪頭斜眼的模樣。的確他的樣子真夠怪，他無事時獨坐在社區後面的山丘上曬太陽，他的臉的擺向和表情，到底在看著木麻黃樹林後面的海洋還是在俯覽不斷地蓋起呆板的大樓的數里外的市鎮，有一次人家問他是否在看著兩者中的一個，他回笑說：「我從來就沒有看到什麼，我看不到那麼遠。」「那麼你到底在望什麼？」「我什麼也沒看。」幾天後，削木頭的重型機械和電動磨光機都運到社區的一幢空房子裡來了，最後他們還搬來一組四聲道音響。然後放鞭炮，開動機械，播唱歌謠音樂，一面工作一面唱歌的日子開始了。他們最起碼把鄰居的老護士吵瘋了，不是嗎？從外表看到民情純樸的鄉土氣息的景象，那些罔顧現代道德而意識型態復古的知識份子，從城市專程下鄉來看到滿街滿鄉的工作歌聲一定十分感動，只要這樣的時代又來，他們一定心滿意足，不再為政治爭吵。在這樣歌謠聲中，經由耳膜鑽入腦中讓人產生心慌和煩躁的機械的軋軋聲響，在風涼的夏季會持續到午夜。

隨之而來而順理成章的是：工作成果告一段落的同業聯合慶功宴。餐廳的走廊和路邊排滿了折舊再貼錢買來的新形式的機車。每個人在那個場合裡都懂得表現自己的優雅風度，笑臉、親切和飲酒的豪邁，並且稱兄道弟，而完全忘掉他們平時對待鄰居的粗魯和凶霸態度。人類的瘋狂和仇恨莫此為甚，整片森林在短暫的時間被砍伐盡淨，由擾人安寧的機械製成木鴨，在域外響起了槍彈的音響。這些不知可憐的工人也吃飽飲足地用力踩動機車的馬達，然後像野馬掉頭過來朝向大馬路呼號而去，那位動作最慢的破瞳松仔也頗像巨人勇士騎在新野狼身上，在這陣車蛇的尾巴殿後。在距離社區數里的郊外公路上，突然一聲巨響的衝撞，他們其中的一部機車陷坑彈高，那個拋向前面的軀體，先是像中國功夫的翻跳，但著地滾轉後，並沒有立即站起來，卻落在粗糙破邊的排水溝裡不能動彈。

第二章　沙馬蟹

老周非常痛恨戲水的遊客在沙灘上捉沙馬蟹，他們用塑膠袋裝食物來，吃完了東西後，在退潮的海灘上追逐沙馬蟹，再用那袋子把沙馬蟹帶回去。他們可能在路途中就覺悟麻煩把那裝沙馬蟹的袋子由車窗拋到路旁，或帶回到家後玩膩了，由小孩子把沙馬蟹處死。老周動起憐憫心時就勸告那些男女和小孩不要虐待和玩弄小動物，可是他們由不得老周來干預他們的樂趣，依然我行我素地在沙面上翻土挖洞，把無地藏匿的沙馬蟹捉到帶走。老周只得離開人羣，孤單地在綿長的海岸邊慢跑做運動。

有一個黃昏，遊客已漸漸離去，只剩下他一人，他稍有些疲憊地坐在防波堤下的石頭堆上，淡漠地注視著這日落前海洋和沙灘的光采和寧靜。他的目光不期然地落在面前幾步遠的地方，有點意外地發現兩隻相互夥伴的有初生嬰孩拳頭大小的沙馬蟹，正豎直牠們的一對細玻璃棒似的眼睛，像監守似地朝著老周注視。這對沙馬蟹頗像兄弟或親暱的朋友姿態十分相同，但可以明顯地辨識牠們一隻是淡肉色，另一隻是背部披著紫斑。老周放眼看去，這片此時頗為靜穆的沙灘上，不知道什麼時候，由這最前最大的兩隻領頭似的伸展成扇形狀地站滿著離洞在外的大小不一的沙馬蟹羣。

太陽光給每一朵雲塊的邊緣染上凝血的色澤；沙馬蟹羣像是在守候等待著集體的報仇行動。老周稍事移動他那半赤裸的身體的坐姿，用著顫抖的嘴唇發出斥喝的聲音，卻不見牠們有什麼動態。他想：「我和你們是互不相干的，你們該認清楚我才是，我不像其他的人類，我對你們有敬畏有憐憫，我們是和平的。」一片刻之後，他所有揣測的思緒消失了，把他的眼光重新遠眺浮動的海洋和天邊如天堂神殿的光耀色彩，像一個臨終而又清醒的人感想著人生的一切，迅速地對自己的功過掃思一遍，並且毅然地放棄未來的理想和希望，像一切有生命的生物一樣渴望立即實現的結論。他曾希望有神，有明顯的指導者，可是他不曾親眼目睹，他懷疑和摒拒信仰，只維繫著情緒上的小善而孤獨地自樂。想到這，突然他自怨自艾地叫著：「讓我扮演一個顯明的角色罷！讓你們得償，讓有罪的逃脫，我就代替他們獻祭給你們這不休不息的卑賤的沙馬蟹！」

說完，他再度移動著身姿，等待太陽的落下，黑暗來臨。他的一隻手從大石堆中掏出一粒夾在隙縫間的鬆動的小石，拋向前面的那兩隻狀似堅決的沙馬蟹，這沒有瞄準的小石頭竟然意外地打在那隻淡肉色的身上，牠的前端的大腳折斷了，連帶身上的一角也破碎了，而就在老周非常驚訝和聳動的同時，那隻帶紫斑的沙馬蟹卻迅速地把那殘傷的一隻咬住。沙灘上那扇狀的形勢突然混亂了，都想趨前來搶奪，但那巨無霸把牠們嚇退了，獨自把牠等待而獲得的獵物拖進了牠的沙洞裡去了。

第三章　牛　仔

寒流來了，屋外的風寒使人畏懼，我從一位小學生的家裡出來，騎著機車在山道上奔馳回家。我穿著塑膠雨衣抵擋刺骨的寒風；當中午我外出時，看來天氣稍微好轉，但到夜裡卻又轉壞。我在黑夜中驅車直奔，想著能趕快回家休息，然而這條山路頗為長遠，因此未到家之前，我的思潮迭起。首先我感覺著我現在的生活實在沒有什麼不好，我告訴自己不要奢求太過，不要常掛慮著生命是有著什麼目的而倡發的，做為生命的個體不要惦記著什麼非凡使命，最重要的是尋求舒適和安全。我永不忘懷十多年前漫長的失業景況，生活陷於困難和憂患的日子，情形就像我在童年時父親長期的失業，他最後憂怨而死，這一切歷歷在我的記憶中不可磨滅。那時我常和朋友相聚之後回家，路上獨自思想和祈願，如果有一天我能再覓得一個能溫飽的工作，我就會安在那裡，不會輕易離開；除這個工作本身養活我和家人外，我將循自己的意願去過活，我將離羣索居，也要與家人分居，只做我想做的工作，去讀書、寫作或繪畫，我不會很熱心於這個世界所發生的事，我知道我沒有足夠的能力和力量去干預它們，我更沒有才華去救世。我會遠離朋友，只求自己的安度，因為我不求助於別人，當我在流離徬徨的日子也沒有人關懷和幫助過我。這不是報復的心理，而是一種自然的本態，我必須真確地認識它。

我一回到獨居的地方，就覺得非常舒意和滿足，只要我離開許多人的場合，又能單獨面對著自我時，我的感覺就是這樣。我進自己的門後，在椅子上坐下來，撥電話到鎮上。我的女兒的聲音傳過來，她抱怨我為何不回家，我說我在這裡也是家。我囑咐她轉告另兩位兄弟，明天上學一定要添加毛衣禦寒。我又撥一個電話給一家鐵工廠，我計劃在空洞的屋內架設一處半樓，需要在相對的兩面牆壁安裝三角鐵條做跨架；那邊的人說阿朝被邀請到土城宴會去了，我想既然是去喝酒，什麼時候回來就不一定，我表示改天再與他聯絡。然後我撥長途電話給遠方的一個朋友，有一度他的形象和聲音在我的心靈中激盪。他並不在家，我放下電話。之後，我換上睡衣，把門窗都關好，熄掉電燈準備睡眠。

但我只是側蜷在被窩裡享受著溫暖並沒有睡去，外面的強風撼動著我的屋宇和鄰近的事物，我自己的腦幕更是無休無止地出現著各種無法有結論的形物。約有一小時光景，我確信不會安穩睡去之後，我起身穿衣服，打開電燈，到廚房裡煮茶。我極欲飲甜茶，但冰糖昨天已用完了。冰箱裡也沒有什麼甜食，只有一點點蜂蜜留在一個玻璃瓶裡。我靜靜坐下來慢慢品嘗杯子裡的熱蜜紅茶，味道甜淡適合。我把克羅齊的美學的書本拿出來準備朗讀，以度過這段夜晚的時辰。突然我在多年前看過的一部名叫《牛仔》的電影的某段情節浮現在我眼前，我暫時放下書本，疑惑地回憶著那些影像：

一羣粗野的牛仔在原野上露營。夜色寂寥，語聲無味。其中的一位牛仔發現一條游近的響尾蛇，他提起一根木棒，將那蛇從肚腹間提起，舉到另一個人的面前，使他嚇一跳。隨之有許多人互相效法玩弄那蛇來驚人。不久，那蛇被撥到掛在一位坐在馬車旁背向眾人的男子的頸背上，蛇在他的頸項間咬了一口，令他哀叫跳起來。他摔掉蛇，在驚慌中瘋狂地奔跑。後來他被人追到按倒在地面上，主人湯姆為他開刀，想使毒液隨血流出。他靜靜躺在那裡，眾人沉默；至午夜他死了。其中有位初幹牛仔的青年按捺不住心中的憤慨，欲想痛毆那位原先挑起惡作劇的人，但主人立刻阻止他，命他和幾位同伴去挖墳埋葬死者。當所有的人圍在墳邊為死者舉行簡單的葬禮時，主人湯姆問起是否有人會說禱告詞，但無人應聲走向前來擔任這項職務，那位新手站在一旁猶在甚感不平地瞪視著主人。最後湯姆自己站在墳頭上說道：「像這種情形，一定有人會問起這是為何？這是誰的錯？我們不知道，因為到最後都是公平的；有人會被牛羣踩死；有人會在水中溺死；騎在馬上，也許馬失前蹄摔死。就是這樣，這有什麼好說的呢？」是的，情形就是這樣，無須再火上加油，在那挑起的人的心中已實行了懲罰，這已經夠了。

李蘭州

我從台灣起飛在週末黃昏抵達美國舊金山時阿維在機場出口等著我，他開車沿高速公路向帕羅阿透地區駛去，到達家門他的家人和朋友都出來門口歡迎我。等我洗完澡，晚飯已在餐桌擺好。除去旅途的勞頓，我開懷暢飲著加州出產的紅葡萄酒。正當我們一面吃飯一面敘談兩地生活情事之時，門口傳來聲響走進一位外表乾淨、約處在中年到老年之間模樣的瘦條男子，像是極熟的朋友般他走近餐桌即說道：「這時刻才喫飯哪？」我抬頭和他的眼光相交，他即改口說：「原來有客人。」阿維為我和他介紹說他名叫李蘭州。我們要邀他共飲，他旋即說他吃過了飯改天再來即走了。他平凡而悠閒的外表，我滿以為他是台灣來的，沒覺得有什麼好奇，即只顧飲酒吃菜，但阿維的家人卻談論他這時刻突然出現的事，為了讓我瞭解，阿維說：「他不是從台灣來的，他是我們道地的大陸同胞。他沒事總跑到這裡來，看看是否我們有需要用他的地方，或是我們打電話給他，他會馬上趕過來的。在美國，我們中國人總是像自己的家人一樣互相照顧探望，你不覺為奇罷？」我搖搖頭說：「不會。」阿維又說：「他幾乎每天都來的，看沒事又走了，有時連招呼都不打，他就是這樣，從不囉嗦或故意逗留打擾我們。」我信口地問道：「他沒有自己的工作嗎？」阿維說：「他現在沒做事，以前是在我服務的圖書館做搬書的雜工。」「那麼他怎樣生活呢？」「現在他過得很舒服了，租了一間大房子，再分租給其他的人。」「原來如此。」我說，以為他大概是做二房東賺錢，就沒有再問下去，結束了滿覺愉快和溫暖的晚餐。

翌日晌午阿維陪我在史坦福校園區參觀，教堂和迴廊都十分古典雅致，他引我走到內庭羅丹雕塑的兩尊銅像面前，從那雕像的姿容看來，一尊可以名為「痛苦」，另一尊可以名為「無奈」，而我們坐在草地上略事休息談話時，我又不期然地望見李蘭州在圖書館前的樹林徑道上走過。「我們要不要呼叫他過來談談呢？」我說。「不，不去管他，他有他自己的排遣；他已經習慣了，在我上班的時候常見到他到館裡來看中文報紙，或在附近徘徊，彷彿準備著我隨時對他的使喚，叫他做事；其實並不，他看來只是有點對我的一點感恩而已；沒有和他打招呼，他並不為意的，我太清楚他了。」「為什麼？」我問道。「當然是有原因的，我替他贏了一場官司；他初來美國，不會說英文，我必須告訴他怎樣去處理他的離婚訴訟。」阿維這樣說，我心裡只會意到中國人的報恩性格，而絲毫無意識去探詢人家的私事。

第三天是星期一，我和阿維家的大小擠上他們僅有的一部汽車開往舊金山市區。阿維的兩個兒女趁暑假在市區的花店打工，我要去拍攝一些風景幻燈片，阿維請假做我的義務嚮導。在花店門前停車，他們兩個下去後，我和阿維便前進做市區的遊覽。這舊金山像圖畫的世界，到處是式樣奇特的房屋、花園和樹木。我們路過唐人街，在斜坡上阿維指給我看旁邊的一處小小的公園，他說是一些年老無事的中國人在那裡聚集消磨時光的地方。我從車窗望外，似乎瞥望到那李蘭州瘦削的背影，我問阿維，他說可能就是他，也可能不是他，但不敢確信，中國人從側背看樣子都是差不多的。「他也喜歡來下棋或賭個小錢。」阿維面露惆悵，說後馬上沉默了。我們往藝術宮駛去，在它殘留的宏偉部份繞了一圈，然後繼續上路，駛過金門大橋，停在對岸的一個風雅的小海灣市鎮吃午餐。

我們相對而坐，在那街邊的小餐館裡，阿維以深沉憂悶的眼神望著我，似乎想告訴我他內心藏埋的事。對他來說，我們交往已有二十年頭，他從台灣為了工作移居美國後，還是時有信函的來往，我們早已相熟相知了，我實在不明白他還有什麼隱事要在這偏頗之地傾吐。

「不是我，」他說：「是李蘭州。」

「噉，是那傢伙，你對他感到麻煩？」

「不是這個意思。」阿維說：「他是無害的，像你和我，我們都只生活在無可奈何的境地。我們已不可能再做出超過我們能力範圍的事。」他意有所指的說，使我想起我們年輕時的狂熱表現。

「我們何不放輕鬆容易些呢？」

「我們仍然存在著一顆跳動的心，這顆心常抱傷感。」

「你說得正是，阿維。」我說。

「我不說出來是不行的，這是我們共有的時代，無論發生在那個人身上，情形就等於發生在自己的身上一樣。」

我默默點頭贊同他的說法。我一向對別人的事是沒有多大的興趣，有些事聽來只會加重自己的負擔。阿維表示他本來也不想說它，要說早在那天晚飯李蘭州來又走了之後便說出來了。我望著阿維多愁善感的臉龐，窗外的遮陽布擋住了陽光，使他輪廓分明的深沉表情顯得格外地痛苦。他的目光先是銳利地看著我，然後低垂轉變成一種尋思的模樣，李蘭州那外表平和的樣子映現在我的腦幕。阿維說：

「他是在將要邁入老年的歲數才從中國大陸來到美國；

「他在那故鄉裡有妻有子在一個中學教書過著安定生活；

「有一天，他連做夢都沒有想到，三十多年前在內戰中和他東西分散，曾和他訂過婚的女友回來了。

「這個女人已經是美國紐約商界成功有名的經紀人；

「在她兩次婚姻失敗後，透過傳播界和政界的努力，兩次徹底在中國大陸廣大的土地上，尋找她年輕時的愛人；

「終於在蘭州找到了李蘭州。

「李蘭州獲得他的妻子和兒女的諒解，有了離婚之後他才能完全離開中國大陸前來美國；

「那位懷念最初委身相許的情人的女人，終於如願地和李蘭州結婚了。」

「但是半年之後，她把他從家門趕出去了。」

「李蘭州從東岸的紐約流落到西岸的舊金山，我們正好要一位搬書的雜工，所以等於把他收留了。

「不料在一年之後，他收到法院的一張通知書；原來那位女士在把他趕走之後，即向法院訴請和他離婚，而由於有一年的分居，這離婚案成立了，要請當事人去談條件。」

「在他那種人生地疏的情形下，我只好挺身為他爭取應有的權利；

「那位女士在答應償付二年每月八百美元的生活費後，這個事件就告完結了。

「現在李蘭州真的落戶在舊金山了。

「我們會瞭解他為何不願再回中國大陸去的理由，就像他為何要犧牲前來美國一樣，這種憂傷只有他一個人去承擔了。」

我離開舊金山那天，阿維有事請來李蘭州開車送我到機場，我低頭默然不敢和他說話，他似乎也明瞭而沉默不語，只有分手的那頃刻間互道珍重再見。

真真和媽媽

真真用手中的那串鑰匙一隻一隻試了之後才打開那道前門，被邀請者跟隨她魚貫地走進，她又旋轉右旁的黃銅門把推開那扇門，打開燈光，使屋內的陳設和寬敞都顯現出來。進門就能看到對面牆黑漆的十分光潔的壁爐，以及鄰接的整面的落地窗，拉開厚重呈米黃色的窗帷，可以面向剛剛走過的前廊和外面錦簇的花樹。地毯是這間書房的最大特色，一大片淡淡鬆軟的黃色，被邀請者在門口脫掉鞋子，像走在菊花瓣鋪成的地面。在斜對兩面牆各靠有可供坐臥的淺棕色沙發，這樣的分開使中間的部份顯得寬坦，而一架長桌型的坐地電視機和一組錄放影機的設備就靠在最裡的那個牆壁，牆上垂掛著幾幅中國名人的字畫。

她跪在那組機器旁邊，挺美的身體避免擋住螢光幕，伸出她的頭和手操作那些按鈕。被邀請者已在那地毯或沙發上坐定，等待影像放送出來。沒有片頭字幕，當影像出現時就是一個女舞者非常樸素打扮的舞蹈，那閃亮的螢光幕出現雜亂的黑色點子，不穩定地使影像時斷時續，無法順暢和明晰地觀賞那舞者的完整表演。這時從同樣受阻的悠揚音樂中有一響屋外關車門的聲音，真真回頭朝被邀請者說：「媽媽回來了。」那婦人一會兒倚在門框裡睹見電視機螢幕的破碎的影像，發出異常驚訝的高音衝破室內充滿疑問的納悶氣氛，她說：「真真，這是帶子不好，還是我的電視機機器有毛病？」「媽媽，我帶回來的帶子原是好的，我不知道什麼原因會這樣，媽媽。」「那麼是電視機的機器不行，我要換掉它。」

那婦人坐下來開始述說這電視機的歷史。這事已經嚷了許多次，要物色一個可以相送的人；可是這部機器依然故我擺在那裡，十五年了，好像已經有它應存的尊嚴。螢幕上的舞蹈始終是同一個女舞者的表演各邊疆地區的民族舞，她熟練的舞藝一直是演一段停一段，可是從每一個零碎接起來仍然是美好的。

「媽媽，這是你的電視機有問題，不是我的帶子不好。」

「我這次是真的下了決心把它換掉。」

她解釋為何把電視機喚做機器，她說機器這一類東西是不能有毛病的，尤其在美國，誰也不能容忍機器有問題，否則這個國度根本就不能動彈。這個家庭無論什麼東西都是她和達地每人一半一半，上星期達地進醫院手術耳後的發炎，要到下星期五才出院回家。她每天都到醫院去陪達地，安排要去看他的朋友和那怕寂寞的老詩人見面說笑。她自己的豪爽笑聲也是頂出名的。她問真真螢幕上那跳舞的女子現在在大陸的情形怎樣？真真幾個月前才從那裡訪問回來，她說那女舞者胖了，老了，有病，但還是很認真賣力地教導學生。「我要她答應我進醫院檢查。她變了，媽媽，我看見都哭了。三年前在這裡的表演那麼轟動，每一個人看她跳舞都感動。」螢幕上實在看不到任何一個具有完整美好的舞，黑點和斷掉部份佔去了大半，因此決定只看那女舞者所表演的最後的一個舞。

「媽媽，聲音也不行，是你的電視機有問題。」

「我星期一就把這機器換掉，達地不在，這次我全權主意，我已經完完全全決定了。」

那位女兒改換另一個節目帶子，想再證明帶子或機器誰有問題。

「媽媽，帶子是好的。」

「我不是說過了嗎？我已經決定了。」

但是這個帶子不久也發生類同的問題，可是那婦人要被邀請者注意每個不同的女舞者本身的美麗、服裝的標致、色彩的柔美。她們的確個個都是美女。再改換另一個帶子時，影視的情形改善了，這證明帶子是好的，機器也沒有問題。這是個大型的舞劇，那婦人說這是由最貧窮的一省排演出來的，傳述在敦煌一個波斯商人與一對父女拆散又重逢的故事。

「這些女舞者多好，真真，你得都把她們請出來。」

「媽媽，我告訴你，現在舞蹈界很難。」

「你得去做啊！把她們全都請出來做巡迴表演。」

「媽媽，你完全不瞭解，你以為我在幹什麼的，我回來後一直都在忙，她們的名單早一年就提交出去了。我跟你說，媽媽，舞蹈界就是很難。」

那年這婦人和學舞蹈的女兒到大陸訪問時，她們看到了她們想看的藝術。駱駝也上舞台的。她傾著身向面前的一位被邀請者低聲說：「我很反對的，我根本不喜歡那個政權，我不贊成，我們是文學藝術的工作者，我只愛那些民族的東西。那些藝人都曾受過牢獄之苦，現在他們年紀都大了，還保有那份犧牲精神想把技藝傳下去給新一代人接棒，這點精神就能使中國不完。」當螢幕在連續不斷的清晰放映一段時間使大家都能專注觀視時，突然出現了一片灰白，非常紛雜的被摩擦的痕跡，真真叫了起來：

「媽媽，你看，這是你的機器。」

「我說過了，我已經下決心了把它換掉。這種樣子給人看是羞恥的，那麼好的藝術。」

「媽媽，我去把教育電視台的那份完整拷貝借出來。」

「真真，你都拿來，把好的都拿給我。」

「媽媽，我看他們的舞蹈受蘇俄的芭蕾影響太深了，非得把這影響完全拋掉不可。」

當中國之夜在愛城演出時，幾乎集了所有在美國的中國藝人來獻藝。那位吹笛者曾投奔自由到香港。來到紐約後開計程車，業餘組成一個樂團，為他用洋琴伴奏的是他的妻子。跳泰族舞的、朝鮮舞的、新疆舞的都是為藝術犧牲沒有結婚的中國美女，那跳大鵬舞的割掉了乳癌，她的最後旅程是到西藏去，在她有生之年收集和保存民族的藝術。這個演出是真真一手籌劃的，包括她自己編的現代舞，達地最喜歡最後的接手的結尾。當所有當夜的藝人最後集合在舞台上高唱〈滿江紅〉時，全體觀眾都起立鼓掌不停，映像上可以看到戴眼鏡坐在前排的文學院教授和音樂舞蹈系主任，在愛城的中國留學生和住民都在樓上座位激動的用手拍桌板。真真唱到中途就哭了，這是愛城從未有的盛況，所有的中國人都哭了。

克里辛娜

我感覺克里辛娜的晶亮目光已經注意我良久，當我走近去在圍繞的人羣中觀看三個穿黃袍理光頭的洋和尚坐在草地上宣講吟唱，攤在地面的布巾擺著人獸合體、像貌半面人半面狐狸的照片：他們中的一位戴著墨綠的太陽鏡，削尖的鼻梁中央貼著箭形米色的小紙片。他們都是怪樣的傢伙，光頭後面還留著蛇卷的小辮子。右旁的一位手搖著風琴風箱，另一手按著琴鍵，口中微弱地吟著幽悠的歌調：「HARE KRISENA HARE KRISENA HARE KRISENA MANA MANA……」；坐在中間粗壯的一位用他鋼筋般的手指打著甘藍鼓，在節奏上有時用手心尾關節的凸肉擦鼓皮，發出人皮與獸皮相撫擦的嗤嗤乾渴的聲音；左旁的一位五官皺縮露出細瞇的眼光，敲打舉在胸前半空的銅鈴。他們說的是什麼，唱的是什麼，我不知道。這些在古代的東方可能十分平常的姿態和歌音卻引起現代人的好奇。有人走開有人又圍過來，在老市政廳大樓前的廣場草場上，我搭公車坐過了頭，正要從這裡抄路到河屋餐室去喝茶。我觀望了幾分鐘正要抽身離開時，才瞥望到斜側面眾多的彩色眼睛中僅有的一對像鳥禽般眨閃的黑色眸子。

我真的不能忘懷我和克里辛娜最初的交視互相疑問關懷對方也須受到瞭解的混合意涵。當我坐在河屋餐室再見到她時，她在兩根白色撐頂的方柱之間向我飄然走來，我看清楚她是那麼瘦小，卻有整齊標致和異外清朗的神色，她的長裙和外套就像完整的美好的身羽，無聲地搖動且輕盈地由遠而近的移來。

「你是劉先生嗎？你大概就是那位在國內毀譽參半的作家？」她的語音如此自然和馨純。

「你怎麼會知道？」我皺著眉頭抬眼看她。

「我是會從你那孤傲的樣子看出來的啊；你在眾人中是極易辨識的，不是嗎？我早就聽人說你要來。」

我無可奈何地聳動我的肩膀，並且站起來請她坐下。但是她堅不道出自己的真名，她的理由是：「生活在這裡，這裡的中國女孩都會有一個外國名字，這就夠了。」但我還是不敢確信這就是她在這裡的外國名字，因為熟悉的剛才那洋和尚的悲憫吟聲還留在我的耳膜鳴響著，恐怕這也是她的靈感的來源。我和克里辛娜就這樣坐在河屋面對交談，似永不終止。有一個多月的時間，每天下午四點鐘當她做完了研究下課，總是像第一次那樣如雲飄來，我也感覺著每一次都像是最初的邂逅那樣喜悅愉快。我想像中克里辛娜是虛幻的影像，但她卻是毫無疑問的真實可觸。「在這裡的中國留學生都很辛苦，每個人都要打一個或兩個工來維持生活。」克里辛娜說。

「每到秋天我都要為更冷的冬天擔憂；我已經決定要走，我不能在此一年一年的受凍。」我注視她清麗的臉。她的薄唇細齒，秀巧的鼻子，明亮眨閃的眼睛，以及剪齊分邊的頭髮都令我想像她是一隻天堂中的鳥；她似乎飛落人間遭受折難。她表示已經數度回回返返飛渡重洋。「每次我和他相見，他總是說要我等他。」克里辛娜這樣說。

「劉先生，」她始終這樣稱呼我。「這要我等到何年何月呢？我們最後一次去北國，在那僅僅的一個星期裡，我感覺那就是我唯一的蜜月。可是分開後，他音信杳無。」

我們破例離開河屋餐室，在這對我而言完全陌生的愛城，我不知道克里辛娜要領我走向那裡。

「我不知你，劉先生，但我也完全知道你。」

每走一段路就會讓人舉頭驚訝地看到住宅前庭院的高大樹木中有那麼一棵在別的還只是由綠轉黃的時候就已經迫不及待地完全像焚燒一樣地赤紅了。克里辛娜幾乎熟知這裡的所有每一棵樹在四季中的情態；她指著前面路口轉彎在一幢白屋的窗前有一株是從不改變全年呈現葉黃。

「我要走是因為我已經又有了韋伯，他像天使一樣純潔，我只能愛這種人，我看了過多花蝴蝶。」

我聽到這種話滿心沉重，她轉頭觀察我，臉上掛著調侃的笑容，她隨即說道：

「我們是朋友，幾天或永遠都可由你選擇。」

我們走過一幢一幢樣式都不同的住屋，可是又會感覺它們的趣味都是相同的。我第一次從遙遠的東方來西方，我一直還未有清楚的意識感覺我是身在一個真實的國度。我無比驚奇感嘆這新世界的土地。尤其克里辛娜的話使我不能完全瞭解她的含意。

「我帶你來我的屋子是要你讀我寫的詩。」克里辛娜露出懇切的表情說：「我還會做幾樣小菜。你喜歡嗎？劉先生。」

我坐在燈光昏黃的溫暖客廳沙發裡，望著窗外秋天黃昏的寥寞荒涼。克里辛娜從臥室走來，遞給我一本精美的詩冊。我抬頭看她，她站在我身旁俯視我，我們融合在一種相知的愉悅之中。我伸臂圍摟她靠近，她讓我的頭貼在她胸腹的柔軟衣裳，我感覺她的手在我的頭髮上，再緩緩移動到我的赤裸的後頸，撫過耳朵，停留在我的面頰上。我剝解她的衣領，使她瘦盈光滑的肩骨裸袒在灰暗的空氣中時，我的心怦動驚懼，可以看出她那分外清醒的靈魂駐守在薄脆的骨肉裡，一如那被拔羽的鳥。我放學回家時走向那位蹲在大圳溝旁殺鴿篤信基督的老婦人，我立在她的背側，和她的孫子站在一起，注視她皺硬的大手快速有力地一根一根拔掉那鳥的翅羽。那鳥知命般地在那手掌中震顫且睜著圓亮的眼光注視我。那老婦幾乎一簇一簇地褪除那些腹部間柔綿的細毛，頃刻間那由頸部到全身赤裸的肌膚，在陰暗冷涼的空氣中發抖，由白轉紅，再轉青藍。那些美麗的尾羽拔出那鳥的尾椎後丟進溝裡任水流帶走。

去掉身羽的鳥並沒有多少肉，但自然給它勻稱奇妙的形體。從那開始至成年當兵時，我拒絕吃肉。當學校的老師強迫我脫掉衣服量體重時，我就遲疑睜著眼看他，他不瞭解就罵我說：「你這瘦又孤僻的壞學生。」他們總給我的品行丙等，即使我學業成績好，亦得不到獎學金。那鳥，我童年的寂寞心靈，還有現在的克里辛娜，恆受這人間的苦劫。

我從河屋餐室出來沿河畔的路徑散步想回五月花公寓，我看寒流中的柳樹是如此淒涼，使我想念感冒的克里辛娜沒有出來和我一起喝茶。走到橋頭十字路口時有人從停止的汽車窗裡向我招手，示意要我進去，於是我無主見地坐上車到了他的家裡。那家庭裡已經聚集了許多人，豐美的餐食和酒與我內心惦念克里辛娜的情緒纏絆交混。一位高秀的女生唱了幾首中國歌；我憶起克里辛娜談到她有這樣的一個親密朋友；我不敢確信但我也壓抑不住心裡的衝動，直問那女生有關克里辛娜的事。那女生支吾難以作答，訝異不高興地瞪我一眼。翌日午後，我又見到克里辛娜，她怒然對我說：

「你怎麼可以這樣？在這個異國生活的中國人社交裡，是從不會有人像你一樣天真無禮地問起別人的事，尤其在不相干不屬圈內的人之中。你的無知傷害到我的尊嚴，像你這樣容易飲醉誤事的人，是應該受到懲罰的。我知道你是不懂規矩，她向我說到你昨夜的浪態時，我還為你袒護，原諒你的出錯。」我滿懷羞愧向克里辛娜道歉。我沉默良久，感覺一切已經緣盡。可是當她送我到屋門前要告別時，克里辛娜叮嚀我說：

「務必再來，直到有一天韋伯來帶我，或你必須離開這裡回國，我們是相屬在這裡的朋友。」我點頭稱諾。我沿著落滿枯葉的人行道走開，我心裡悔恨交加，事實上我已無顏再見克里辛娜，就像我後來再無膽量去觀看那老婦繼續逐日在大圳溝旁殺鴿。我內心越愛克里辛娜，越無勇氣去面對她那自然表露的內在的寬容精神；在她那楚楚瘦弱的軀體卻保有自然賦予她的清麗美好。我的腳走開，無論如何不會重踏回那條自憐延展出來的路，在這自然的事物中，我注目憐憫，反受到悲憫，HARE KRISENA。

行過最後一個秋季

你豈知我非但要在今日的時空下與你為友，我要今生今世，乃至於生生世世與你為友。你我相識是緣份。

我感覺整個愛城，你我曾是相親的人，獨你瞭解我的任性與情緒的來由，這些日子，得你相伴，不知解我多少抑鬱和委屈，想自己終於有個親人，千里迢迢地來伴我，行過最後一個秋季。

第一部

1

我們在喬奇街下車步行到小鷹店買東西。在愛城，實在沒有什麼新奇事物，文化活動太少，不怎麼夠水準，冬天太冷，夏天太熱；今年更是怪，年初時又冷又雨，比往常延長，然後脫掉冬裝就是夏天，氣溫上升百度以上，到現在還這麼熱，我想今冬會很壞，因為去年冬天特別暖和，今年說不定會來幾次大風雪。

我住得煩透了，時間也蠻長的，十二月學期結束我就要前往西部去，艾迪在那裡。我打算離開。這幾袋東西足夠你吃十天到半個月。就在這車亭等車進城去，只有這樣，這裡不是台北有隨時叫到的計程車，你總要習慣它。在這裡你是沒辦法的，我們坐在草地上等巴士，亭子裡太熱，袋子裡的東西有些食物容易壞掉。我初來時也不習慣，但生活環境不同，我現在已經習以為常了。

這個進城的車要四角錢，你準備一個兩角半，一個一角的，再一個五分錢的。這些美國硬幣看起來美麗，用起來頗麻煩。車來了。你肚子餓，我帶你去一家我常去的店吃午餐，那裡有湯有夾肉的麵包。我也喜歡店裡的冰淇淋。我們把東西暫時寄在店裡，我帶你到一家韓國人開的雜貨店，那裡有好米和中國人喜歡吃的麵條。我們抱這些東西過街去，在那個超級市場前的車站坐車回你住的公寓。這就是你開始的生活，亦是我初來時開始的生活樣式。

2

我並不怎麼太想台灣，我在那裡的事都結束了，我只是想想那裡的朋友。八〇年代我回去的時候住在台中，我的一位朋友知道我一個人，要我住在她的隔壁，我每天都到他們家吃飯。有時朋友來，我也做菜給他們吃。當然是特別的菜。我並不隨便做菜請別人，除非他們懂得，否則隨便到攤子吃就好了，要是他們隨便吃就可以了。

我好想吃海鮮，我第一次回台灣時在飛機上就在想，下飛機後馬上奔到圓環去吃炒鱔糊。第二次我回去時口味就清淡多了。後來我喜歡吃絲瓜。德州的朋友說，你到德州來住，帶絲瓜種子來，我為你種絲瓜。前天他還打電話過來，我說今年吃不到絲瓜了。在愛城，根本吃不到新鮮的東西，想燒個滑水都不能。餐館的價錢又貴又難吃，隨便一個菜最少要五六塊，而且不是道地的中國菜，我真想趕快離開西岸。

3

在愛城，我沒有很多朋友，但也有幾個。我是有北方人的性格。我不喜歡拐彎抹角，那太累，我沒有時間去猜測這猜測那，艾迪就是迷我這一點。在愛城的中國男孩子，我是看不起的，他們太小心眼，以為我們女生處處在利用他們。我是真的不想交這種不長眼的男孩子。你說你第一次看我的印象就是那樣？那你錯了。我不那樣，我是蠻樂觀的，我需要生活的情趣。有時，我到城裡來參加他們週末的舞會，在這裡你可以看到頭髮很怪的人，兩旁理掉，只剩下中央的一條。也有染顏色的，譬如我的一位朋友，她把她的頭髮染成紫色。這就是龐克，是另一種新起的文化活動，與以前西岸的嬉皮相極端。我常去吃冰淇淋的那家店，那個留鬍鬚的年輕男子，是龐克的同性戀者，他在大學修過藝術，有詩人、音樂家的氣質，可惜個子矮了一點。

4

我今天去城裡，但回來得很早。明天我也得出去，但我不要中午出去。如果我中午出去，再回來黃昏又出去，如此兩趟是太累了。我在午後出去，我得去家教，給一個美國青年教中文。我知道你說的那個地方，它叫阿瑪娜，是一個德國人後裔的社區，在一百多年前形成時就是一個自給自足的小社會。但那種社會主義的理想現在都變質了，人類的那些原先想得好好的東西到後來都如此，沒什麼好惋惜的。

是的，今天的天氣變了，說變就變，我正在看的是《西遊記》，所以這句話一滑口就說出來。今天的街道上人們都穿上了毛線衣和外套，的確是涼了。我們家從小就說著北方話，我的祖母是北平人，我們說的是規規矩矩的國語，不是耍嘴皮那樣聽不清楚。

你說的那個外國人我在台北見過他，一定就是他，他的詩寫得真不好，還有點勢利眼。去年我帶一對詩人夫婦去旅行，到俄勒岡去看阿虹，宋開車，到了那裡，阿虹夫婦非常喜悅我們去，做了許多好菜請我們吃，今年也可以再去，但不知道宋能不能再為我們開車，到時候再看罷。我的那位女教授非常 Moody，她一直認為中國人不能幹翻譯，但是她的中文也不是很好，在上課時常常出錯，我們幾個學生就商量，在回答問題上也故意寫錯幾個字，不是不知道正確的答案，實在不願意讓她知道我們的中文比她強，讓她有點自尊心。她離過婚，又和男朋友鬧意見，所以就更情緒化。可是我想來想去，還是要請她做我的論文的指導教授，沒有請她更傷害她的自尊。

5

每年美國詩的朗誦會是節目的開場戲，都是那四個人，二流詩人；不過在美國要當二流詩人也不容易。其中的一位，個子較矮留有鬍子的是這裡的教授，我和他有點熟，每次遇見我，他就叫我「飛行的羽毛」。他是有點風趣，學期開始，要是看到班上有很多漂亮的女生，他就特別的來勁。我認為這是男人的最大弱點。他會追求女生，蠻好色的，但也不要以為會怎麼樣，見怪不怪。他的詩寫得很抒情，他總會回到他的妻子那邊去低鳴的。我一直認為男女之間是可以有友誼的，友誼可以保持長遠，而且比愛情高潔和雋永。

6

你說在辛辛那堤聽到的那場戲——阿瑟王的故事，我以為是圓桌武士的那一段。關於他被囚禁在塔裡的那一段是後面的部份。他的妻子愛上了他手下的一名武士，他們私奔，但被捉到了，要處刑。阿瑟和那位武士原是要好的朋友。我在紐約看的是李察波頓演的，據說他已經在加拿大演了有一整年，他疲倦了，又老了，台詞都忘記了。現在我寧可看李察哈理斯唱不看李察波頓。

我帶你去吃午飯，城裡有一個店做得很家常，好吃又便宜。另外還有一家，也不錯，但不比那家好。我知道他們什麼時候開門，什麼時候不開門。我們從傑佛遜街過去。對街也有一家店，有一天我打從那裡經過，看到一個熟面孔，原來是我的一位朋友在裡面工作，從窗戶看進去，他正在切麵，我進去，就在裡面吃了一盤麵。在愛城，學生在暑假都是這樣打工賺錢來讀書的。

7

昨夜我感冒發燒了。謝謝你，不用了，房東已經拿藥給我服下了。喉嚨是有點沙啞，因為它痛。真的嗎？嗯是的，我寫的少。我今天還要去上課，一個星期只有這堂課，不能不去。不用急了，過幾天再說。

我今年已經三十多歲了，艾迪才二十七歲，他很好，自己到加州去闖天下。我本來以為夏天可以畢業，可是論文沒寫好，現在又發現要再修幾門課，要延到秋天後才畢業。我以前的那個丈夫就不是這個樣，我什麼事都替他弄得好好的。我們離婚後，我一直不讓爸媽知道，我媽知道沒關係，但不能給爸爸知道；起初他們反對我的這個婚姻，我帶他回去，他們反而喜歡他。我寫信給我的嫂嫂，要她只告訴媽，但我哥哥和嫂嫂瞞住了，他們說不能刺激老人家。我媽最疼我，假如兩老有一天要去的話，我希望爸爸先走，然後接媽過來和我一起住。我們家教是相當嚴的，在台灣讀書時，爸說男的不許交女朋友，女的不能交男朋友。我運氣最壞了，學校在台中，家也在台中，要和爸媽一起住，晚上我要出去都要藉最正當的理由才能外出，十點以前必定回家。我是我們家最有叛逆性的孩子，媽知道這一點，一直護我。我爸媽在重慶結婚時年紀都相當大了，爸以前就有一位太太，只生了一個女兒，現在在大陸，他是以無後為由再娶的。我媽以前也跟一個表哥訂過婚，但他是共產黨，我媽堅持不跟他結婚。將來我還要帶艾迪回去給他們兩老看，我就是希望趕快結束學業去加州。我是有點煩了，這裡實在不很好，城太小，沒有情趣，我要到加州去和艾迪一起重闖我們的天下。

8

下了雨，路太遠，我不去了。我的感冒還未好，喉嚨還在痛。昨天我去聽課了，老師也去。他們問我關於你論文翻譯的事，我向老師說我以為今年會請外人，像去年一樣，所以我原先就沒有答應，現在決定不請外人，我就答應下來。他們說那麼就把你交給我了。是的，會很有趣，一個人做一樣菜，但是我真的不能。不行的，宋又不是你使喚的，他是聽老師使喚，未必會開車接我。什麼？他們夫婦，我和他們夫婦是沒話說的，你也看出來了，你還蠻銳眼的。他們夫婦常常請愛城的中國人吃飯，從來也沒有請過我。他們是很不厚道的人，左得厲害。心眼小，不厚道，還算是人嗎？我的狗下來了，牠聽到我說話就從樓上下來。那個外國人嗎？我不是說過他勢利眼得要命？因為在愛城沒有其他人，所以找你喝酒。當年他來台灣留學，和一些人在一起，後來拿到博士學位，就看不起他們了。他以自為自己教大學，我在台灣也教大學，有什麼好神氣的；詩寫不好，我都比他寫得好；做人也不厚道，一個大俗人，又好酒又好色，俗不可耐。雨紛紛的飛，外面也涼，我怕又著涼，今天不出去了。

9

我已經起床了。不要，真的不需要。路很遠，你來我還要招呼你，很麻煩。我今天也不進城。我不喜歡吃藥，今天好像好一些；真的，我不需要。我是那天晚上去看電影，涼了氣管，感冒是後二天得的。我不要你跑來，你也不很能走路，告訴你地址，你也不會找到，如果我死了，你就回台灣給我報個信。

10

你現在才知道我難請啊！我病得這個樣子，你還要我出去。那藥也不真的好，大陸那邊的都是赤腳醫生。我本來今天想出去買藥，但那家藥房星期天不開門。我真的不要出門去，我應該在家休養，每次病總要拖它一個月，以前小時在家的時候，就是這個樣子。你去看電影，我在家看電視。那個人沒有來找你喝酒呀？你明白出去好麻煩，還要換衣服，昨天你已經看到了，咳嗽得那麼厲害，你還要我出去。穿衣服多麻煩啊，這樣一趟出去，回來不知又要病得怎麼樣。我答應你，明天我會想要出去。

11

我今天去辦了些事，事情真的好多。你的論文的最末那一段我覺得不能要，或修改它；我告訴你，它會使老師產生敏感，她很重視這個。雖然她是我的老師，但是我告訴你這一點，她會很不愉快的。以前老師對我蠻好的，我把她當媽媽看待，她每次遇到我，總是說我越來越漂亮。其實漂亮有什麼用，她稱讚我的作品幾句我倒覺得更安慰，可是她不會，她沒有時間去深入看，她自己寫的都是那些有關政治的事情，無法從純文藝的立場去看。你說把它去掉，不要再加了嗎？我還要考慮翻譯的問題。我還有些事，我恐怕還要再修些學分；上次我申請要他們承認那七個學分，我再修六個學分；現在還要再修三個學分，不過我可以論文抵掉這三個學分。這個學期我是要寫論文的，結束了學業趕快走。以前阿虹在這裡，還有個朋友，現在她走了，我寂寞多了，我得趕快離開愛城。你知道，我是運氣不好才會這樣。我當然把你視為朋友。

12

我聽說了，你在那裡也唱也跳的，玲玲和我是沒有緣的，我和她談不進入，她不會喜歡我。阿虹在的時候她說過，那邊像個馬戲團，老師是班主，她喜歡熱鬧，還有她的笑聲。她不深的，她只是那麼一點寫實。跟她交談總不能談深。去年我在那裡，我知道，阿官他不在乎，老師叫他唱，他就唱，他也無所謂；但阿京就不一樣，她人直，她有時寧可待在家裡，稱病不去應酬，我可以和她在家裡談。

我的學業是個麻煩，還要加修三個學分。她雖是我的老師，但到時候那個很情緒的女教授又會和她鬧情緒，倒楣的可是我。我是彎煩的，也沒有辦法，要看他們肯不肯給我註冊，我還要跟他們去談這件事。談起老師，他也是彎可憐的，我想他大概大陸那邊也吃不開，當初他是跟隨美國政治的方向要去靠攏，現在他在那邊恐怕也有一些困難，所以現在又想回台灣。這是這個時代在美國的中國知識份子的大通病，吃回頭草。你說這個不可厚非嗎？他要康給台灣寫信，但康是個聰明人，這次他特別邀請康過來，恐怕是為了這個事。張也告訴過我，要他表態。一個作家總是需要讀者，像他邀范來愛城，這是很明顯的，因為范在香港出版他的書。那本書完全是他對台灣的記恨，據說他要楊寫序，楊沒答應，所以和楊的關係搞的很壞。白似乎寫過一篇介紹，也很勉強。楊還是有慧眼的，他當然很傲。劉算什麼學者，他寫的東西淅里垮拉，不像個東西。黃也是，過去我的印象是他很憂鬱，大概與愛情有關；他離婚，以前的太太是法國人；他一直工作都不安定，現在可能好多了。對的，明天我要去上工，我下午給你電話，去看德國電影《錫鼓》回家是有問題，走一段路才有計程車。

13

我今天沒有出去，早上我看天氣有點陰，像下雨的樣子，我怕感冒又壞了。我在吃維他命C，是高單位的，不是醫生開的，是一般感冒的時候吃的。要是感冒了就趕快吃高單位的維他命C，很有效的。是，下午天氣又好了，現在是三點鐘，我不想出去了，我想留在家裡做點正經事。要是我現在出去，整個晚上就報銷了，只能看點輕鬆的東西。我現要翻那論文，大概兩個鐘頭，然後再看點書。那個德國電影不錯的，我也許已經在以前看過了，我記不得，學校常有好看的片子。真的，我實在不要出去，走路太遠。是，你當然去看，我還是留在家裡的好。

14

要不是宋在銀行碰到我，我那裡有這個神通知道你在學院大樓。你得陪我先到醫院去，我沒想到這個感冒會拖那麼久，怕找醫生最後還是要找醫生。你看這麼多人，都是感冒的。你在這裡等我。醫生聽我的肺部，他說我的肺部很清朗沒什麼，開了藥方，在這兩種藥中選擇一種，如果沒有好，一個星期之後再去，他要替我照肺部的X光，怕轉為肺炎。我比較喜歡中醫，在愛城有個女中醫，她會針灸，但我這個病不能用針灸。

不行的，現在吃藥會愛睏的，還要辦事，回家去再吃。我要熱紅茶，沒有蘋果派，有一種特別的糕是用紅蘿蔔做的。這個命運該怎麼翻呢？是living或future？如帶有前景的意思就用future好了。昨天註了冊，那個文學院長實在不是個好人，在愛城，壞人太多了，我必須趕快修完趕快走。你看那位女侍是個美女，樣子像北歐的女孩，身材姿態都是不一樣，不像這裡的大部份女生，都來自農家，打了扮還是覺得粗俗氣；她們的穿著都很隨便，平常穿條褲子，配上一件好一點的襯衫，那就是盛裝了。

當我還在華岡上學的時候，加入了詩社，有個詩人年紀蠻大的，常邀我一起去喝茶談詩，後來我才感覺他對我有那麼個意思，但我那時並沒覺得奇怪，只把他當長輩看，而且我也有一個男朋友，他知道我有男朋友時，就表示很遺憾。有一次，我去參加文藝營，有人就對我說他最近在買家具，好像準備結婚，問我知道不知道。實在好無聊，真要把人送作堆的樣子，想到這真沒道理，年齡相差這麼大。當時莫也和我很好，他的詩寫得好，我的詩風和他比較接近，我來美國後還有信來往，有一次來信就說聽說我離婚了，責備我怎麼連他這個朋友也不通告一聲呢？信上還希望我再找到新的愛情，祝我未來前途幸福。另一位過氣的詩人相當好色，他是什麼女人都要，這是沒水準的，這已經全是慾了。你想一個女孩子遇到這種的男人，該對自己怎麼想呢？這不是沒有分別了嗎？這種男人說實在就是髒，是不能接近的，說不定他在和你見面之前已經染了一身污穢了。

我現在比較喜歡外國男人，我說過在愛城，中國男人是大不大，小不小，不成熟，目光如豆，既小氣又不能談深。我現在不能肯定會去西岸參加你在史坦福大學的座談會，我去的話算什麼人呢？我當然喜歡認識那裡的人，艾迪要回來，再把家搬過去，事情很多，到了西岸的話，實在也需要有些朋友。你說凡是你的朋友就是羅的朋友，我想他對你瞭解很深，我一定要認識他。六時四十五分的車坐不到就得等七時四十五分的，車子是走了，我們去吃個晚飯還來得及。在愛城，有一家羊肉餅店，羊肉是特別處理的，但等車的那個地方，也有家烤洋芋店，聽說不錯，我沒去過。我們去烤洋芋店，我也覺得吃羊肉恐怕對我的感冒不好。好，蠻好的，很對胃口，做的很溫和可口，這湯也不錯。時間來得及的，但車子似乎要來了。

15

一點半我和那位情緒的女教授有約，你可以去河屋吃飯等我。我當然要，我自己來，你不用管我；自從感冒，我一直喝這種茶。藥有點效，吃一個禮拜看。現在在流行德國麻疹，印地安那那邊有人感染，愛城也宣佈要預防，明年春季班註冊時就要繳預防證明才能入學，但那時我已經走了，不關我的事，不過我看我也去打預防針。

我給你看看這些壞詩，〈空〉譯成英文empty，就等於什麼也沒有了。老師說這有佛教的哲理。你知道，只要她在，她是老師，我就不去爭辯。老師問他：你說說張生和鶯鶯的故事，他居然連這個都不知道。於是，老師就要我去說。胡詩嗎？我不喜歡他的詩，因為太傷感流於濫情。我覺得一個好的詩人應有某種自覺，而不應一再耽溺於某種感傷情緒之中。如果那種詩只是早期作品，中期、後期有不同的層次與深度，那種感傷是可以原宥的。可是他這三十年來，一無進步，令人懷疑他心智的成長。你說我的散文還比詩寫得好？我近來在反省自己對胡詩的看法。我將他和狄金遜相比，狄在近代美國詩壇上地位很高，我想等我時間空了一點，要重讀狄詩再與胡相比較。狄用很多抽象的名詞處理抽象的意象（死亡、愛情之類），我本人不贊成用空泛的抽象名詞寫詩。我不知道是我的主觀，還是狄詩太好，我卻無法看見他的好。我在想自己的詩觀是否準確抓住了詩的主流？我也在想或許多少年後，狄氏不會那麼重要。我自知主觀很強，但在讀詩上，我強迫自己客觀且寬容，不是寬容壞詩，而是寬容各門各派。

16

你明天下午有沒有空？我有些問題要問你，我現在還在搞你那個東西，宋在催我，但有些地方我不太明白它的意思是不能翻的，翻成英文必須是明確的。

今天啊！今天是什麼日子？星期天，我那能出去呢？我四點鐘就在河屋等你。四點鐘的時候，我先和凱茜我的同學談一個問題，談完了，你來時我們就進行這個。我給你介紹，這是我的翻譯同伴凱茜，她會中文，我們合作翻譯中國古詩詞。

17

你今天怎麼這麼早來？我要去書店買書。你的皮包很好看，我喜歡這個樣式的。學校的這家書店都是教授開的書單訂購的。你的皮包要寄留在櫃台，不准帶進去，有沒有錢在皮包裡？我每次都找不到我要找的書。這本書不錯，唐宋四詩人，李白、杜甫、蘇軾、李賀。大概是這一本，改由別一家出版，這封面很清，我喜歡這樣。另一本找不到。我到訂購的地方去問問看。他說要四個星期書才到，到那時我的論文已經寫完了。我想可以請人在別處買，或到圖書館借。價錢我可以查出來的。是啊，感冒還沒完全好呢，明天得再去醫院。我現在那有時間住院，醫生要宣佈我是肺炎的話，也沒有時間啊。不，在愛城住院不會很長的，我的房東做開心接管手術，一個星期就回家了。我約會的人從來就不會遲到的，怎麼今天遲到了。

嗨，愛洛遜，你們見過面，不是她，另一位。再見。愛洛遜是個不錯的女人，二十九歲了，但她的運氣真不好。我告訴你，這位愛洛遜剛提出離婚控訴，她的先生是伊朗人，在加拿大的一家石油公司做事，年薪兩萬，非常不錯的待遇。但愛洛遜在那邊找不到工作，回到愛城來修地質的學分；可是她來了以後，她的先生就不肯寄錢給她；她剛開始還向我借錢，我們同住了兩個星期，成了很好的朋友。我最怕的是遇到中東地區的男人，像愛洛遜的丈夫實在有點心狠手辣。

18

這個「近代」翻成 few year 好嗎？好，直翻 resently generation。這個「想法」呢？idea 如何？什麼？一種思考的途徑，跟心沒有關係。就像我們常這樣說：「你想到那裡去了？」不是「思想」這種嚴重的東西，是膚淺的不很負責任的那個意思。斯賓格勒是德國人的名字；我不知道，我沒看過那本書。什麼「沒落」，是「殞落」。好，我去看，算我忽略了。我知道你的意思。

傑美，你今天怎麼那麼空閒？你的論文怎麼樣了？我也想到圖書館去用電腦打。我沒有時間了，用電腦比較快，我知道怎麼用。請人用打字機打要花一筆錢，自己打當然更好，但需要一部好打字機。我的時間不夠，只好把資料都輸入電腦，再由它整理出來，要拷貝幾份都可以。傑美，你知道嗎？菲菲到柏克萊去了。

今天早上我看到許多部警車，昨夜城裡發生了命案。我還不知道是怎麼一回事。你學過哲學，應該知道齊克果，這個名字怎麼拼？KIERKEG WARED。這句話搞不好恐怕已經二次翻三次翻了。荷蘭有自己的語言，翻成法文再翻成英文，再翻成中文。哲學上的用字怎麼可用「好處」這兩個字；「朋友」的意涵也不止是指周圍的幾個人。天氣變了，我會著涼。現在幾點了？我的車跑掉了，還要等一個鐘頭。叫一部計程車去，城裡只有四家中國餐館，去那一家？司機也不知道城裡命案是到底怎麼回事。前面那一家就是「燕京飯店」。這裡的規矩是他們帶你進去。吃海鮮好，那裡是「大蝦牛肉片」、「雙菇蟹肉」？素菜在那裡？這裡是「紅燒豆腐」，「三鮮湯」好了。沒有銀絲捲。我不能喝酒，你自己叫。先喝湯就吃不下菜了。我自己還能做幾樣菜。每次我回家，嫂嫂就很高興，都由我下廚。我告訴她這個怎麼做，那個怎麼做；我的意思當然是我出國了，以後家裡的團聚，就由她下廚做去。我有一次做菜請克廉，我做了痲油雞。是嗎？搞不好他們也有一手。輝有氣質。我最不喜歡大謙。有一次，我和一些人要去吃飯，大謙突然跑出來，他要跟我們去，我不高興，克廉說他如搗蛋，他來擋。你說我有氣質？你知道嗎？媽媽生我的時候，她在夢中見到有黃緞纏著她的身體，醒來時就生下我。我好像是天生的什麼被貶下來受劫難的。是的，我不知道。會的，我能，我能捉住男人。我告訴你，我喜歡艾迪的純，我和他兩個人像是不食人間煙火的。我和艾迪相遇是在這愛城的戲院。我和菲菲在一起，戲院人很多，我們的前面只剩下一個空位；艾迪進來，到處找位置，他看到我，我們的眼光相遇像電光閃擊了一下。菲菲和他打招呼，他們一起同修過音樂課，她介紹說這是艾迪，是電子音樂和繪畫的學生。他不斷地回頭來看我，轉頭去又看看菲菲。艾迪的頭髮長到腰齊，留了十四年他說。我們認識的第三天，我就帶他把頭髮剪短了；他說沒有人認識他了。

19

嗨，對，我剛在打電話，我要打電話給愛洛遜，她不在，我想問她情形怎樣了。噉，你原來在河屋遇到她。愛洛遜是肯塔基人，南方的口音很重。她很不錯。她說什麼？稱讚我？是的，是那個意思。什麼？你也蠻多情的嘛。這還得了，遇到誰就喜歡誰，像她這樣遭遇的女子多的是。她的年紀比較大，比較懂事。她不止做兩件工作，恐怕三份工作都有呢。你同情喜歡她，她不會接受的。我知道你的意思。我在調侃你，像那個大鬍子詩人，他遇到我就說 wonderful lady，他想追我，我告訴你這種多情是男人的弱點。那天我就是在點你。我知道你知道啊。你也喜歡我，愛我，但我告訴過你，做朋友較能長遠。不可能的，不必假定，我想我們不會。克廉喝酒的時候也說他愛我，喜歡我；事後他說他是喝醉酒。你也喝酒？我坦白說，我心中只有一個，當我說我的朋友時就是指他。不是現在的艾迪，也不是我的前夫。我和他邂逅時，他已經結婚了，他要我等他。他告訴我假如他把我帶回家，他的母親是不會接受我這個女子的，她看到我一定說我的兒子的半條命在你這個女子身上。他是單一的兒子，上面有四位姐姐，所以這個媽媽的佔有慾是很強的。他當然孝順，但他是我心中最愛的人，我就是要氣他才和我的前夫結婚。那時他每天到我家來，說他非常愛我，他說我等我的男友要等到什麼時候呢？他說你試試我好了。最後他就坐在門口階級上賴著不走，除非我答應和他結婚。可是我後來漸漸知道，他這個人非常不成熟，心地又窄小又多疑。我那時年紀輕，很任性的，早上我是不吃早餐，他告訴我他們家他的媽媽每天早晨起來做早餐給爸爸吃。我說，我從小在家，吃早飯是個人理自己的，所以我住到外面來後，我根本不吃早飯，我那裡能起來為他做早餐呢。最初的日子，他就起來做早餐，還端到臥室來請我在床上吃。但八〇年我需回台灣一趟，我是帶職來美國進修，我把他也帶回去，並為他在H校找了個教英文的工作，他就給我出紕漏，和學校的一位女學生有關係，弄得那個學生被退學，他的工作也丟了。我在原來的學校的面子也罩不住，所以我非走不可。我們回到美國來吵架和離婚，我告訴我那位心愛的朋友，他還是那一句話，要我等他。我和他的事其實也給他的家很大的麻煩，他的太太知道是我，要和他攤牌。我告訴你，我能和他的話，就是沒有名份也沒有關係。他是我這一生一世所認識最好最有英雄味道的男子，我就是喜歡這樣的男人，因為我愛好虛榮，我愛高大英俊的男孩子。有一次，他出國來看我，我又和他在一起，覺得無比的幸福。但他回去之後，我卻覺得奇怪，他沒有再給我寫信了。有時，我午夜醒來，覺得屋外有輕叩門的聲音，我總以為他又回來了。後來，我才認識現在的未婚夫艾迪，我告訴艾迪，如果我的他來美國的話，我要邀請他住在我們家，艾迪說這很偉大。他贊成。我也告訴艾迪，我現在認識你，他表示很喜歡認識你，希望你到加州也能住在我們的家。

20

我昨天很快樂的，我好久沒見到漢娜，她聽到我說艾迪的事很為我高興，要不是這樣，你想我會接受你一起去吃晚餐嗎？而且昨天黃昏那麼涼，我只穿了襯衫和背心，沒有外套，我原打算黃昏前回到家的，所以沒帶外套出來，我冒這個險是我高興的緣故。明天我有家教，我的課在五點二十分完，你在圖書館等我好了，我還要去買蔬菜，是農夫直接由農場運來的。

21

你穿的這樣單薄呀！太陽雖大，要看氣溫呢。昨天你走回去的時候，是不是有人在車內對你招手，你就上車了？菲菲昨夜打電話給我，要我給你點一點。什麼事你都忘了？你上車後是不是問菲菲說你要回台灣了？然後你說我是她的好朋友是不是？你又問她說知道我不回台灣了嗎？你再對她說知道不知道我有一個男朋友叫艾迪的現在在加州？菲菲轉頭瞪了你一眼，你竟然都一點不知道。我告訴你，在愛城的所有女孩子中只有菲菲的嘴皮最緊，你想套她說出什麼話是不可能的。而且車上還有另一個外人在，你知道許家是跟我不來往的。菲菲要我點你，你以後可不能再這樣冒失。我聽到她告訴我這些話後，我還替你辯護說，你不善於交際，也許你一上車不知要說什麼好，就脫口說出你知道的事。你知道菲菲雖跟我很要好，她卻不是你的什麼朋友，何況許家在那裡，你問菲菲的那些話，她也不知要如何作答。你要記住這點，不是自己圈內的朋友，就不能把朋友的事說出來。像老師對我也很好，就像我自己的媽媽，遇到我總問我現在怎樣，她聽我說我又有一個男朋友，她就替我高興，但她絕不會告訴別人關於我的事，你以後總得處處小心。我告訴你我的事，是因為我們是這一輩子的朋友，可是你想菲菲不會是你的朋友，還有許家的第三者在那裡。

22

我帶你到羊頭酒店，「酒店」是我給它加上去的，它根本不賣酒。我帶你去看他們在窗玻璃和牆上掛的畫。我想喝咖啡，用咖啡來沖沖頭痛。這種沒有小費的地方就是要自己來。再叫個蛋糕。

我給你看看這首詩，我把它翻成了英文。這在這裡看，字太小看不清楚嗎？這裡有燈，不夠亮嗎？哎唷，你也老了，眼睛不行了？我可是我近年來的力作。你看怎樣？還有這一首也算是我的力作。這首詩我整整寫了一年，但在那個星期裡，我一真寫了八首。

你不必為昨天的事難過，以後小心點就是，什麼羞恥？我說過就算了的。你有戴表嗎？我的家教時間到了，你在這裡等我。那麼你去散步，一個小時後回來，或者在我的學生家客廳看書等我？我教完課我們可以談談。決定去散步？一個小時後回到這裡來，不要迷失了。

23

嗨，是你，沒關係，你去那裡了？你還在難過嗎？怎麼懲罰自己？那麼就生一場病好了。你以前沒有過這樣的事嗎？這只是你沒有這個經驗，過去就好了，道個歉，反省反省。好，我們不要再說了。

我在跟我的房東的家人看電視連續劇。那個房東最小的女兒說她要看另一個，我們想看的她並不要看，在那裡爭，後來我們就在樓上的另一架電視機看。現在已經看完了。有時候，我覺得一天出去，回家來輕鬆一下，不要花腦筋。但看完了這個，我就得回房做我的嚴肅的工作到深夜。早晨我總是較晚起床，沒事，我就帶狗出去散步。

24

你看這愛城，這小地方，一點什麼事就會鬧成這個樣子。今天球隊回來，又是多年來第一次打贏，所以有遊行。我們得趕快到中文系去，我去把東西交給祕書。不能再回河屋了，要往城裡走，我們再去羊頭酒店。你看這首詩，是藍寫的，由這首詩我看出她的才氣，我把它翻譯成英文。藍當初來愛城，看別人的詩的時候，總是說這一首不必，那一首也不必了，非常驕傲，我現在才知道她傲得有理由。是的，我想出詩集。幾年前高答應給我出版，到現在沒消息。我的全部詩稿存在丁處。輝給我寫了序，但寫得不怎麼好，我帶出來時不知在什麼時候什麼地方弄丟了，再也找不到。E也答應給我寫序，可是一直沒寫；你知道他的為人是很小心的，怕寫了會讓人疑問他。當年他為我寫了美神詩，這是多麼瘋啊。沒有人寫，我就自己寫，寫了十幾年詩應該有個總結成集。我們走，我還要去家教。我是有點興奮，我想請個假，我的學生上個星期也給我告了幾次假。我想可以，然後我們去吃晚飯。你看人好多，我帶你到城裡的一家西餐廳，但恐怕穿不過，看看他們的花車行列，走來走去，還是在這一帶地區裡繞。再回去羊頭酒店嗎？不好，前面的一家也可以，你吃不下，喝杯茶，我喝碗湯。這裡不能抽煙，你看到了，開冷氣的關係。我們可以走了，你到表演廳去，我回家。街上人還是這麼多，我們穿過去時要等隊伍通過後才跑過去。你不能自己跑過去，把我單獨留下。那一條街也圍起來了。這一次一起牽著走跑過去。

25

我三點多就下工。我們沒約好。我在摩兒逛了很久，到五點多才搭車回來。我今天蠻高興的，我很想找一條燈芯絨褲子，沒有找到。但我看到了一雙鞋子，很滿意；我大約穿五號鞋子，他們沒有了，要我下星期二再來看看。我從台灣帶來的衣服都是配場合穿的，在愛城實在穿不上。在愛城大都隨便穿，打工的時候不能穿太正式的，我也不能適合穿牛仔褲，我不是美國女孩能穿牛仔褲，所以要找一條燈芯絨褲，它穿起來會蠻舒服的。我今天心情好，自己動手做點東西吃，不然我就不想吃。

我想想，是強生的生日，去年我參加了，在米洛塔家，墨西哥人。他家很遠，派對都開得很晚，要想早離開的話，沒有車子。今年我還沒接到帖子。本來就沒有什麼，是這裡的中國學生會辦的。我沒有找到愛洛遜。她現在和兩位學生同住。房間蠻大的，但住在一起實在很難。我看她有點不高興，她告訴我，其中的一位晚上看書都到兩點鐘。亮著燈刺激她的眼睛，她曾經告訴過她，那位就表示她有權利使用這房間，所以恐怕處不好。她現在很忙，大概在圖書館弄電腦。我實在不能與人同住，除非跟自己的老公，或者男朋友；要和同性的人住一起，假如她亂的話，就很麻煩。以前我和妹妹同住，她都不整理，我們常吵架。昨天的演奏會如何？我喜歡歌劇或現代舞，我不喜歡演奏會，而且我不喜歡一個人去聽，我需要人家陪我。

26

我今天十一點半來，那個老太婆給我十四個房間整理，後來她又叫了一位來幫忙我；我告訴她我四點鐘有事，而且今天這麼累，明天就不來了。我好高興明天不必上工，我也不知道明天要睡到幾點才起床。你要長袖內衣到摩兒買，那裡也有一家雜貨店有機器可以影印。我問問看比自己找還要快。影印要換零錢，然後自己動手作。一張是一角錢。我帶你到街上的一家專門影印的店去，或許半角錢一張，他們還為你服務。你看，慢了一步，關門了。還是回到摩兒去。這一張到底怎麼搞的？太白了，不清楚；太黑了，又覺得太髒；這是部老式的影印機，用的是印像紙。還是新式的普通紙印起來好看。我們到一家海鮮沙拉店去。沒開。我們去那家羊肉店。我們叫兩份羊肉餅，你要湯，我要蔬菜沙拉，你還要一杯啤酒。那個人真奇怪，這麼多座位偏選在那裡，我知道他是個越南人，當然不會說中文。先吃幾塊羊肉，再包起來。很好吃呢。你覺得羊肉鹹啊？我不覺得呢。我今天天黑前要回家，你要陪我走路？也可以。你到我家來我泡日本茶給你喝。洗手間在樓下。我們可以走了。我看到傑美。喂，你怎麼也來了，我們正要走，你應該省點錢啊。有飛飛的消息嗎？好，再見。我告訴你怎麼走，我們走 Colege，平常天氣好我騎腳踏車來上工都是走這一條路，車子比較少。

去年我由台灣來時，先到洛山磯，我有一個好朋友在那裡；飛機還沒到達，我的婆婆就打電話過去，我的朋友說她正要去機場接我，她吩咐說我到了馬上打 Collect 電話給她。我在洛山磯住了五天。我買好機票飛來，我的公公婆婆兩個人就開車到機場接我。我的行李好多，他們那部小車勉強可以載。我們到了家，我一直認為這是我在美國真正的家，我打電話問學校才知道開學已經一個禮拜了。於是我的公婆就建議我先到城裡來和朋友住，等找到房子後，他們再把行李運過來。這個事情就這樣解決了。他們待我總是蠻好的。但不久我的公公就發現有癌症。暑假的時候，我去和他們住一個多月，我也原打算感恩節回去，可是我受託陪人去休士頓，我打電話回去說聖誕節再回去，等我聖誕節回去，我的公公已經在醫院坐在輪椅了，於是我陪婆婆住在家裡過年照顧他，我婆婆說不必，但他們兩老年紀都很大了，我還是留下來，這樣她對我是蠻感激的。在我公公去世前一個月，我那個離婚的丈夫又娶了新太太才回來。我現在住的家就在前面有紅綠燈的十字路口左轉再三個block就到了。

在台灣喝的是凍頂烏龍，在這裡卻喝日本茶，喝久了，也就習慣了。來，進房間來，你就坐這唯一的沙發，我坐椅子，這屋子還好，地下室嘛，冬暖夏涼。我的打字機不是頂好，只能打普通的東西，真要打什麼慎重的東西就得到圖書館去，好在我這房間選了幾張好畫掛，我蠻喜歡克里的，還有梵谷和高更。你看這金黃色向日葵多令人興奮。這是鞋子，皮製的，是從台灣帶來的。我給你看我的衣服。這一件是我自己設計，我在台灣的那位裁縫師很知道我，所以做得特別漂亮。這一件旗袍是我結婚穿的，這一件是我參加妹妹的婚禮時穿的。還有這一件桃綠的中國裝。這一件，你看，我媽媽說現在的麵粉袋布也能做衣服呀。還有這一套，我遇到艾迪時穿的。這一套是我在夏天常穿的。你看這一件怎樣？我特別做了雙襟鈕。我也有印度裝，這一件是金黃，這一件是銀灰白比較配我。還有這一件，不是很漂亮嗎？我還要給你看看我的照片，這在台東，這在蘭嶼，這在花蓮，這是海，美不美？還有艾迪的，你看，他沒有剪去頭髮之前，他的氣質好，這是我在台灣的他；當然嘛，他清秀漂亮；這是我們一起去加拿大的。我沒有前夫的照片。

27

今天我們約會取消了，剛才老闆打電話過來，要我去上工；我昨天已經告訴他我要放一天假，但一早他就打電話催我有工作做。我只好答應下午一二點的時候去。昨夜我到凌晨三點才睡，大概是咖啡和茶都喝多了，早上也爬不起來，我只好打電話給那個很情緒的女教授請假，說我病了。你看，今天又轉涼了，就是這樣。

28

你能不能改一改，說這個故事是假的。我看不出來，感覺它都是真的，而且要是發表，有人會認出我來。這實在太不妥當了，或者能不能不發表，因為人家讀東西總是在那裡邊認像的，這豈不一下子把我認出來了。將來我當然還要回台灣去，回去的時候就去看你。你明明又是喝醉酒了，我不跟你說了。今天我和菲菲在一起，很快樂。這不能怪我呀！你是去和你的那些酒肉朋友去鬧去瘋。好，明天九點半如果出太陽，你就打電話給我，然後陪我去看醫生，如果是陰天就不必了。

29

是啊，你把人吵醒，今天陰陰的，昨夜還下過雨。這樣的天，我是不出去的。身體還好，我還要去睡。

30

下雨了，先到圖書館裡面避一避。不能抽煙。你去買傘，我在這裡看稿等你。你去那麼久，剛才我那位搞同性戀的朋友凱茜在這裡坐了很久，你沒有回來，她就走了。你的事都辦完了嗎？你看這是什麼字，這些簡體字我都看不懂。對，是「受寵若驚」；還有這個字，原來是「龍」。我不知道為什麼要翻這個劇本，真搞不懂。很好玩，有一個被捉到了，要帶圖書館的書出去就會像那樣被捉到，現在的圖書館幾乎都有這種電子設備。我們可以走了。還在下雨，不然人不會站在門口。我討厭拿傘，我要拿的傘是台灣潮州的油紙傘。我們去那家喝咖啡？這餅是鹹的，你喜歡吃什麼麵食？燒餅或麵條？我告訴你，剛才我們在學院大樓，老師看到不知要做什麼想法。她看你在那裡影印，然後看到我也來了。我是來拿她要我翻譯的劇本。但我們兩人碰在一起，我就不知道她要做怎樣想。我看她最近憔悴得很厲害。你在這裡等我或是到我家教的學生家去？你就在客廳坐著看電視。我的學生說他要給你茶喝你不要。他很好，很用功，我給他一篇散文唸，他都把生字撿出來做成卡片，我隨便抽一張卡片問他，他會了。我們去羊頭酒店，就從前面右轉。你要熱茶，我要一杯咖啡。我先上樓去找位置，他們做好，你就端上來。我喜歡坐這裡，可以有靠。我寫的詩怎樣？百分八十是佳作，這不容易了。十六、七年前我住在台中，不知道波西米亞咖啡屋。後來我認識了他們。阿平是怪才，但不是主流。我喜歡輝，他的詩意象精確無比，但他只能寫短的，他沒有長詩的魄力；E有，他的詩寫起來像山水，雖然沒有輝的詩深，卻有很大的氣度。輝心眼小。魏的詩我也蠻喜歡，早期是情緒的，可是後來寫的就不行。他的詩自然天成，只那麼幾首，但他一直以為自己是大詩人，霸氣的很。真正那圈子裡的好詩人是輝。魏與他似乎有仇。祥的詩只有幾句是好，其他就非常鬆散，但他的散文寫的真好，E的散文也好，磅礴浩大，才氣高。所以E、輝、祥各有他們的春秋領域。我們是朋友。我第一眼看到你時就可以斷定的，是那種即使在十年或二十年再遇到時，也不會相愛的那種朋友。

第二部

31

天氣很冷咧！太陽那麼大，那是騙人的。我聽到了那消息真難過，好可憐唷，他是教我的三個教授中的一位，是個男教授，他要進醫院了，那天討論會沒來，我就覺得奇怪，平時他都會到的。那天老師說不知要請誰來代替他。他先是牙痛，到醫院檢查，發現是癌症。要是把牙齦和下巴割掉，你想這有多可怕啊！我倒沒有想到我畢業不畢業的問題，而是他那種切除後的樣子。要是我，我寧可去自殺。我是那麼愛虛榮的人，我不能忍受那種樣子的存在。我寄了一張卡片去，等他進醫院手術後，我再去看他。我雖沒和他很接近，但我知道他對我很關心的，他關心我的論文，還有畢業的問題。他是英國人，他在英國原有妻子和兩個孩子，他來美國後，他和妻子離婚，孩子留在英國，他每年夏天都回英國去看孩子，可是今年他沒有。他一直都是很不快樂。他才四十來歲。在愛城，他有一個女朋友，和他同居在一起。不論如何，我想到他要進醫院切割癌就很痛苦。我為他可惜、難過，我聽到這正確消息整天都吃不下飯。

32

你回來了，什麼事？宋克斯，什麼事？車禍！幾乎……我告訴你，他這個人之固執，不能聽人勸。我領教過了。去年他們來，他開車我們一起到藍家去，藍和她先生等我們等到晚上十點鐘，菜都冷了；我們到達了，藍和她先生的臉才從慘白轉為笑容。他們以為我們在路上發生了車禍。後來我們轉到芝加哥，人家送我十盆花，正在開，很漂亮。我們要到紐約去，宋克斯一個人開車回來，我對他說，宋克斯，請你把我的花帶回愛城罷。那是十一月底，感恩節剛過。我回來時，要到他那兒取花，車後門一開，哇，天啊，全變黑了。我說，花凍死了。他說，不，是悶死了。那麼美麗的花，我只是可惜，但我也沒有再說什麼。我知道他的自大和固執。他要不是長得高大，有那麼點福氣樣，今天你們大概都得要掛彩回來。自那次以後，我都不敢再請他做什麼事了。對，你今天能回來，是該慶幸的。你的叫聲把他驚醒了，也把命喚了回來。

33

我去跟我的那位生病的教授打招呼，他後天就要進醫院，我想他晚上一個人時一定很悲哀。那位是麗莎，他是不是喜歡她，我要去打聽一下。他喜歡胖胖的女人。麗莎沒有結婚，她很年輕。你來的時候遇到愛洛遜那位肯塔基女人嗎？她最近精神好多了，上週末她的先生，那位伊朗人從加拿大來看她。他很愛她，他不肯簽字。她向他要錢，他說沒有錢。這有什麼用？她也沒把離婚控訴撤掉，這是她的一張王牌。我對她說，你有這一張王牌就得好好打這張牌。她在愛城不會那麼快有男朋友，如果有，那離婚就是個藉口，認為她的丈夫不給她生活費。在這段期間她不能給人找到把柄，這裡有許多伊朗人，是她先生的朋友，這些伊朗人在這裡是一羣小小的團體。她要提離婚的前一天晚上跑來找我，我看她那個樣子好憔悴，現在是恢復過來了，看起來就很美麗。你想的是什麼？就是嘛，你應該懂得女人，女人是要人來愛的，要有滋潤，那麼女人就是美好漂亮。

菲菲星期四要走了，我們明天晚上請她吃晚飯。五點半你在圖書館等我，我們到街上的那家西餐廳去。不能去羊城小館，她以前在那裡打工，她辭掉工作時老闆留她，她只得向他說要回國去，所以她要避去羊城吃。她會來的，她是我的好朋友，你不能想像她說話聲音單單的，唱起歌來卻不一樣。她有一種西洋人沒有，屬於中國女性特有的音韻。她初來時，愛城有一位聲樂教授用他的方法要她唱花腔，其實她不適合唱花腔，她是屬於抒情的女高音，她也不能唱西洋歌劇，她適合唱中國歌、藝術歌曲。結果半年下來，她的喉嚨生了一個癖子，不能唱了，正好有一位歐洲來的音樂教授到愛城，他聽了菲菲的錄音，非常喜歡她的聲音，要她到歐洲去，她到歐洲下專機時，那位教授馬上把她帶去看最好的醫生，兩個星期後，她恢復了。她從歐洲訓練營回來後就專唱藝術歌曲，除中國歌外，她專攻德布西的藝術歌曲。她回國後是要開音樂會的，她要唱中國歌和德布西，這是國內所沒有的。

我去打電話給我的學生梅爾，叫他來河屋上課。有時他也打電話給我，說他忙，要我到某個地方去，他就在那裡等我，我就在那邊教他說中文。今天不上了，梅爾說，他受了驚今天還不能恢復過來。我問他是不是殺狗？他說是。他在醫學院做事，他們常常要解剖屍體，有時殺貓，有時殺狗。他說昨天他們殺狗時，機械沒有弄好，把狗弄得很悽慘，他完全受驚了。他說明天大概也還不能完全恢復，所以明天也不必上課了。我起先並不知道他是做這個工作，有人遇到他時總是說：梅爾，殺的好嗎？或向他道別時說：祝你殺的好。梅爾說，不是我喜歡殺，那是我的工作，沒辦法。他們花七塊錢買一隻貓，有時狗太小，殺了效果不好，找不到血管。我不喜歡河屋的菜，我們去羊城小館，今天我要吃素春捲。我們步行去，很近。我們抄近路，然後過橋。

34

我今天去上課，那位生病的教授的俄文課。他的樣子好可憐，變得憔悴衰老，看來毫無希望。他跟我們談到一些瑣事，卻句句扣人心弦，他的聲音好微弱，我聽呀聽，幾乎要哭出來。他說他已經決定要進醫院了，這事在他心中已經盤繞多時，這是唯一能接受的命運安排。

今天有兩樣特別餐，是魚，不同的魚，但不知是那種魚，翻譯不出來。菲菲是要遲到的，這是她的習慣。第一次我和她相約，我等了她有半個鐘頭，她來時我就直說，我說菲菲，我是虎落平陽被犬欺，在台灣約會，是人家等我，在愛城我卻是等你。男孩子和女孩子約會，讓男孩子等一會是應當的，可是我們都是女孩子，幹什麼搞這一套，沒有必要啊。自從我這樣跟她說過後，她改了不少。菲菲來愛城，是少有的有特質的中國女孩子。她時常改變主意，是屬於善變的女人。可是她不是那種沒有主見的女人，她聰明，有堅忍力。看她嬌滴的樣子，其實骨子裡並不。她有一次去歐洲時沒有錢住旅館，只好坐那種買了票來回坐的火車，由這個城市到那個城市，晚上就在火車廂內睡，這樣地度過了一個星期，換別的女孩子恐怕就要倒垮了。她從台灣出來三年半，沒有回過家，這次她真的是要回家了。她來了，還是遲到十分鐘。菲菲不喝酒，我們都吃今天的特別餐，兩種魚都叫試試看。吃完了和她一起去聽音樂會，是音樂系裡的教授彈鍵琴，還有一位邀請來的女高音唱歌。菲菲要到後台和她的那位教授道謝告別。那位教她的教授很喜歡菲菲，和他的太太離婚，可是菲菲不喜歡他。和一個有才氣的男人在一起，女人就得一切為他，犧牲給他。如果學的不一樣，隔行看山高，還能互相欣賞體諒。像我不太懂音樂，艾迪彈鋼琴，我不顧忌他，他也不太顧忌我。過去在愛城，有一對年輕夫婦，兩個人都是同行有才氣的男女，在一起，又逢到男的是那種要人崇拜的傢伙，而在女的眼中他並沒有什麼，所以就打起來，打得很厲害，有一次兩個人都去作客，就在那裡打起來，男的把女的打倒在地板上，還把她拖出去再打，她就躺在地上呼叫，要人來救她。我和菲菲還有一個約會，是這裡的中國同學要向菲菲道別，我和菲菲走了，你就可以沿河岸走回家。

35

我給梅爾上課，你給凱茜講解吳藻的詞。來，凱茜，我們把這首翻完。「藥壺茗椀」的茗椀就是飲茶的碗，「溫存慣」就是習於為常的需要；「鐙爐不禁挑，玉釵不忍敲」，這兩句是說明生命有盡時，女人的身體不能再折磨了。下星期見，凱茜。再見，梅爾。我帶你到個地方去吃東西。我還要給那生病的教授買張卡片，是班上同學一起的；我們也到郵局買些郵票。到那家炸雞店去，如果有位置的話，我要吃些點心和喝茶。菲菲終於走了，她會拖到現在，實在是為了那個波蘭劇作家。那傢伙的外表看起來很粗獷，但這是男性氣質，菲菲就是喜歡這種男人。去年他來，遇到菲菲，她認為他蠻能瞭解她。他去年來後，因為波蘭工聯的事，他是華勒沙的支持者，所以回不去波蘭，後來住在紐約，菲菲到紐約去卻沒見到他，她只好等他再來，結果他卻把他在波蘭的女友接過來，那女的有一個小女孩，是他的，他是屬於那種有良心的男人，非常愛那小女孩，但卻並不怎麼愛那個女人，他們沒有結婚，菲菲之迷他，實在也沒辦法，這就是女人，要是愛上一個男人，那是不由分說的，總是愛他。我過去的情形就是這樣，但我跳出來了。我喜歡菲菲是她很像當年的我，她有那麼點慧根，肯學習，我算是花了點心思調教她。我想她回台灣是算已經看得清楚了。菲菲在法國時也和一個法國男子很要好，他們在巴黎的街道上走路都是手牽著手。當然，女孩也像男孩一樣多情，可是只要不是結婚，就沒關係。那波蘭人還不止是迷了菲菲一人而已，他還迷了許多有夫之婦的女人。可是畢竟那波蘭人並不是有意要勾引她們，這種事就自然地完了了。初先的時候，菲菲也頗愛我的艾迪，他們一起修音樂課，艾迪喜歡菲菲但並不是那麼迷，所以艾迪和我好的時候，菲菲也就沒怎麼樣。你知道凱茜為什麼喜歡吳藻的詞嗎？她認為吳藻有同性戀的味道。吳藻似乎跟她的丈夫感情並不怎麼好，她的丈夫可能是當時中國舊社會裡的富家子，也必定風花雪月的，對吳藻不會專一，後來怎樣我不甚清楚，是早死或是什麼的，後來吳藻出家為尼去了。

36

我把你吵醒了嗎？我想如果你還沒起床，我這個電話就是叫你起來。我治頭痛的方法，就是去洗頭，讓水從頭頂上淋下來，按按頭皮。我不知阿雄現在住那裡，我也不知道他在台灣是那裡的人。但他說他說的話是正宗的台語。他去年才來愛城，我看他是蠻好的男孩子，很直很純，從他走路的姿態就能看出來。我又不是三八，他才幾歲，我比他大多了，我把他看成弟弟，我要找男人起碼也要找比他高竿的，他還太嫩呢。不過我是喜歡他，我常教他選這選那，他不懂，我告訴他一些捷徑，我們現在只在星期三下午上課時碰頭，不然有事找他只能去圖書館。他很儉省，連電話都不裝，以前是和幾個同學住，後來關於他的閒話多了，他就搬出去。他原來在台灣就有一個女朋友，阿雄來愛城，她去布城，但阿雄來這裡後，又有了一個女朋友，依我看是這個女孩子纏著他，但有人說是阿雄去纏她，到底誰纏誰，只有他們知道。我看過那個女孩子，我感覺她是蠻有心計的，他未來的前途如何我就不知道了。阿雄在觀念上還是很窄，他是屬於那種在政治寧可台灣獨立也不願落入中共手中的台灣青年，在文學上從他強調鄉土文學這一點看來他就不寬。用台語寫是鄉土文學，用四川語寫的也是鄉土文學，用山東話寫的也是鄉土文學，但是這些都是中國文學的旁支，樹枝畢竟是從樹幹分出來的啊。阿雄在這一點上看不出他有根器，他目前雖然對名利看得很淡薄，但未來誰知道會變得怎麼樣？他說他對英文有興趣，但就他的英文程度來說，還是不行，有些字的意思，他不能完全瞭解，要去聽聽他們外國人對字的辯論，每個人說出他的感覺，才能體會那個字的意思，這些細小的部份才是學問精到之處，否則只算個粗略大體的明白而已。你不知道阿雄打字之慢，一個字一個字慢慢敲之可愛。現在有電腦了，不要那一行，滴滴就從螢幕上消失，要加兩行，滴滴就出現在螢幕，這事我將來都要叫阿雄給我幫忙，我常叫他去給我做那做這的。

37

看回來了，芭蕾舞怎樣？我的學生梅爾說技巧很好，編劇方面較弱，他們昨天去看了，他們之中有舞蹈系的學生。我得告訴你，這裡的舞蹈系並不強，最強的是音樂系。去年演《浮士德》，他們有一個非常好的男高音，和女高音，其實每一個角色都好。你說的是英國馬羅的浮士德，電影是李察波頓演的。馬羅的浮士德是下地獄的，哥德的浮士德卻得救了。魔鬼梅非斯特把古今的美女都招來，克拉佩特拉、海倫，但浮士德全不理會，只愛一個鄉下姑娘。她出場的時候，在海邊的一個地方紡紗。我曾勸菲菲去應徵這個純樸的角色，她的音色正好配合。我希望下一世人時能唱歌，演瑪格麗特。你想演戲？但我想你演不了浮士德，如果是，也只不過像那個馬羅的浮士德下地獄。

38

四點鐘你來，跟我一起在這裡打工的女同學的男朋友要開車帶我們一起去大鷹店買東西。你來時先想想要吃什麼東西。你看這大鷹店的東西，每樣水果我都要買一些，家裡蘋果還有，這次買葡萄，還買柚子。你看這是無花果，這是乾的無花果，我最愛吃的。你說在戀愛中的女人有吃無花果的事？我喜歡樫果。買顆白菜，買些小黃瓜和豆芽。如果你喜歡你可以去選一個鳳梨。買塊豆腐，買兩盒碎肉和一盒里脊肉。買盒雞蛋。這是兔肉，但我不知道它好吃不好吃。這是特製的蟹肉，用開水燙過後就可以沾醬油吃。要雞腿還是雞翅膀？還是選雞翅膀好。買條麵包，現在有一種加上維他命的牛奶。要買一個罐頭湯，這一種的，只要加一倍水煮開就行了。你要蛋糕嗎？這些都是，你來選。我找不到我喜歡的那種餅乾，在這裡，這一種的就比像那一種的貴很多，但你看這種包裝多好看啊。還買什麼？我們到家了。剛才我和他打招呼的是我房東太太的弟弟，我向他說恭喜，他快要和那個女的結婚了。他們都各自離婚了一次，這在美國是算不了什麼的。我跟他們有點熟，所以知道他們的事。你坐一下，要不要我泡茶？你想吃無花果就先吃一個罷。味道如何？我也試吃一個看。先把雞翅膀和金針放在鍋裡燉湯。喂，你看這麵會不會過軟，不會嗎？你用手指按一下，我在家的時候，我的爸爸也是這樣只用手指按那麼一下。我們家只有我爸爸吃盒子，這麼大一個，我們小孩子只能吃烙餅。你會不會煎蛋皮，沒關係，還要切細，好加上冬粉。暑假的時候，我和女同學們做韭菜盒子。在愛城，買不到韭菜，我們到種韭菜的中國人家裡去摘一些回來做。加上豆腐會比較好吃，半塊如何？你幫我把餡子攪一攪均勻。我去樓上拿擀麵棍。我的房東跟我說這棍子是用來對付你的嗎？我把桌子清理一下，我來教你怎樣包盒子，我擀麵，你就包。艾迪走的早，沒有吃過我做的盒子。我認識菲菲後，她和我做過幾次，她走時我也想做盒子給她吃，可是沒有時間。美國家庭租房子給單身女孩，都有一個規定，不許女孩子帶她的男朋友留宿在家裡，我房東的女兒要和男朋友在一起，也都到外面去。艾迪回來，我會跟房東講，可以讓艾迪睡客廳。怎麼樣？你包累了？我來看湯好了沒有？把做好的盒子排好，我就來開始煎。現在就殺鳳梨嗎？等一下罷，先煎盒子，好，先殺鳳梨，等一下就可以一貫的吃下去。刀子是不怎麼快，我應該要磨刀了。你要回台灣賣鳳梨？台灣的鳳梨好，我的前夫就喜歡吃台灣的鳳梨。這裡的鳳梨大都由夏威夷運來的。你看，一次只能煎四個，不全煎，只煎兩次八個。再把桌子清理一下，擺一擺盤子。先喝湯，一次只吃一隻雞翅膀，這湯好，我們今晚是吃全餐。要不要醬油？啊，這盒子好成功，加上豆腐好吃，不乾，很鬆軟可口，吃兩個不夠，再吃一個，再喝一碗湯，喝湯端著碗喝好喝，然後吃塊蛋糕，再吃鳳梨。

39

我的學生梅爾後天去紐約度假，今晚我給他上課，他會帶我出去，他有錢就會這樣做。他領到薪水，他有四百元要到紐約去花。我問他殺狗好嗎？他說那隻狗太大了不好殺。他告訴我上次他回家去，是他的父母親結婚二十五週年的紀念日。他的媽媽買了六朵玫瑰，兩朵紅色，四朵白色，都是含苞待開的玫瑰。第二天，玫瑰開了，來賓都看到了，但所有知情的親友看到了都非常的驚異，只有其中的一朵白玫瑰枯萎了。梅爾說，四朵白玫瑰代表他們四個兄弟，但他的一位兄弟早年就死了。那天晚上他的父母和他們兄弟注視那些玫瑰時做了祈禱。

我帶你去一家墨西哥餐廳吃，就在那家炸雞店的隔壁，餐廳前段不許抽煙，後段可以抽煙。這是炸菜花，這是炸毛菇，這是炸青瓜，這種餅吃時要小心，很可能一面吃一面掉。

我的父親懂一點易經的卦，有一次為他一個最好的朋友算，算來算去那卦算不通了，他覺得非常奇怪，他的那位朋友正是壯年有為的時候，我的父親心裡很疑惑，就叫他的朋友的太太也來算算看，結果還是一樣。不久，我們聽到那個人突然死了，我的父親非常難過，都有些害怕，以後就不敢隨便算卦了。

40

嗨，你好嗎？我要暫時停下來休息一下，我的那位小心眼很情緒的女教授教我遇到困難時就要停止，轉開去做些別的事。她非常有經驗，她對寫論文是非常在行的，她是西雅圖的比較文學博士，她的資料很多，她現在對我很好，都指點我怎麼做。當初丹尼不贊同我能翻譯，丹尼就是那生病進醫院的男教授，他的法文非常好，俄文也不錯，他還不敢隨便把英文翻成法文，所以他認為我不能把中文翻成英文。可是我說懂中文的外國人那樣少，同時中文和英文都好的人也不多，而中國的文學作品那樣多，如果中國人自己不做翻譯，仰賴外國人就更不可能了，如果一個中國人要翻譯，另外有一位外國人來幫他修改，這事是可以做得比較好的。我那小心眼很情緒的女教授贊同我的看法，最後老師也站在我這邊，說服了丹尼。我做了個夢，夢見我的媽媽拿錢給我，數也數不完，非常多，結果今天老師遞給我一張支票，是我為她工作的報酬，我知道她會給我多些，她出手很慷慨的，她就像我的媽媽一樣。像這樣有哲理的夢，我的父親也是常做。三十八年時我們在上海，沒有跟上撤退，我的父親被捕了，我的母親就不肯走，要留在上海等我父親出來，結果那條四川輪沉沒了，死了很多人。後來我父親沒事放出來，我們到了澳門，情勢很不好，不能馬上去台灣，我的母親說不能去台灣就得去美國了。這時我的父親就做了個夢，他夢見我的奶奶送冬衣棉襖給他，說冬天到了，要出門就需要這些衣服。他醒來告訴我們說，去台灣不會有問題了。真的到了那年冬天，我們就上船要來台灣，我的父親一手抱著我，另一手抱著我的妹妹，我的哥哥就緊緊拉住我媽媽的大衣。我們全家慶幸沒有拆散。菲菲也會做某些寓言的夢，她去歐洲旅遊前就做了一個這樣的夢：她在一個劇院練習唱歌，唱完後她回到後台放東西的地方去，那裡有許多櫃子是給人放樂器樂譜或某些衣物，她打開一個櫃子的門，裡面有兩個人站著，一個白人，一個黑人，兩個都是瞎子，但那個白人自己走了，那個黑人就不能走。她帶著他走出來，在下階梯時那個黑人不敢走了，她就脫下她的鞋子往下丟，讓他聽到鞋子落地的聲音來判定有多高。菲菲到了羅馬時就遇到一個大色狼，她在參觀梵蒂岡時邂逅他，他長的很帥又有禮貌，他就帶她到他自己的住屋去，要她晚上住在那裡，他就到他的姐姐家去住。那晚。菲菲好奇開他的抽屜，竟然發現好多由世界各地寫信給他的女人的信。第二天大清早，那人還未來時，菲菲就溜走了，他原告訴她今天要帶她去更好的地方參觀。好，現在你告訴我，你曾做了什麼夢？

41

今天去上課，來了一位替代丹尼的新教授，他是個十分有條理的人。我交了論文的第一部份，現在有個初步的默契，那位很情緒的女教授看我的序文，老師看我的翻譯部份，這樣的話，她們兩位不會意見衝突，但是這位新教授恐怕兩個部份都要看，如果他們都要我改的話，我就不知道要順從那一位了。我今天也替一個美國人翻譯一封來自大陸的女孩子寫給他的中文信，「我很高興我們能在峨嵋山邂逅」像這樣的句子，我的天啊。我也給梅爾上課，不，他週末才去紐約，這個星期的課還是要上。我告訴你，梅爾是個很好的美國青年，他很聰明，他現在學中文，其實他的法國話也說得很好。美國這樣地大物博就是能夠養一批像他這樣不務實際的人，他們本身都很有才能。美國要在文學創作成名很難，可是就有那麼一些人對詩或小說不斷地追求創造的境界。譬如在美國會催眠術。我不敢讓他催眠，我怕我不知會說出什麼話。他在大學醫學院殺狗是一件長期的工作，每月固定的薪水，我和菲菲在一起打工的時候，菲菲總是希望做完一天工就算一天的錢，每天都有錢可以去吃餐館，不過這樣的話就不能有存錢。

昨天晚上艾迪打電話給我，他說他買了一部電腦機器，急著帶回家試，卻是壞的，他又帶回去換，那家公司只剩下那一部，整個帕羅阿脫地區找不到第二部，結果開車到百哩外的工廠去換，來回就花了四個小時，回來再試，發現停電，他覺得很滑稽，就在想這是否他不該買這個東西，後來電來了，一切都很好。整個事情就像個鬧劇，艾迪就是這樣有趣。他原先學藝術，結果發現繪畫不能賺錢謀生，改學音樂，他對電子音樂有興趣。他有一個理想，就是進華德狄斯奈的研究室工作，但他又怕他的資格不夠，他只有兩個學士的學位。他所以要到西部去，是希望能再進史坦福大學的人工電腦知識人研究所，這是一個待發展的研究部門。他要做的是電腦作曲，現在的電子音樂，世界只有德國是最好的先驅者，但是電腦王國是日本，美國就是怕在這方面給日本領先，因此在史坦福開辦一個研究所，我們的艾迪就是這麼有理想的人。他平時很嚴肅，但有時也會很幽默，每次我和他說話，他都分不清楚是說真的還是開玩笑，因此他會問我，這是開玩笑的嗎？我就說是。他總是為我著想，不像我的前夫。我的前夫是個十分自私的人，是我所見只為自己不管別人的男人，譬如他喜歡做菜，他在家做菜吃，卻是為自己喜歡吃的去做，不問我喜歡不喜歡吃。我們常常吵架，都是為一些小事情，假如兩個能坐下來談談或許就不會吵起來，但他總是說我惹他生氣。我是十分任性的人，我不能讓他把我洗腦順他的意思去做，他也怕我壓在他頭上，不肯讓我，在結婚前就為吃早飯的事爭執。我是不該和他結婚，但算命的說我三十會結，我還不是因為台灣的男友負我，我初來美國在密蘇里那樣的小城，我和他同班上課，我的妹妹和妹夫也反對我等台灣的男友，促我在美國結婚，他整天黏著我，賴在我家不走，終於和他結婚。這三年十個月的婚姻就是我命中的劫數，這段期間我總是覺得樣樣都不對勁，我和他兩次分居，每次都是他求我不要離婚，我們同住的時間很短，而且是分房睡覺，但碰頭就爭吵。雖然如此，我現在有時還想到他的某些優點。他是個孤兒，生下來七個月就為養父母抱來；他長大時，他們告訴他這個事實，他們認為這樣做比較好。他的養父和前妻有個女兒，他就十分妒嫉這個姐姐，怕養父母對這個姐姐比對他好。我那時還聽他的話以為他的姐姐是個很壞的女人，其實不然，她很好，她對他很照顧，而他就是不信任別人。有一次，我們住在公婆家裡，他們兩老甚至花錢買機票要這個姐姐回家來看我，他知道了就不高興要帶我走。每次要照相，他就說我恨照相，他的養父就作罷說好不照不照。他要帶我走時，他的養父也對他說，你別把電視機帶去，有時間多陪我，可是他還是不肯聽話，把電視機帶來，整天看電視不理我。我現在遇到艾迪，比較起來才知道艾迪有多好，你說這是不是一種補償？

42

昨天我和房東太太聊天說到你在半夜接到的奇怪電話，她才說你不知道這愛城裡有多髒，他們搞馬殺雞，那麼我想打電話給你的男人就是這些壞人。每年秋天他們大概就是做這些事大賺一票。如果你早知道，你就可以和那些外國來的人去給他們殺一陣。這樣的話，你們拿到的錢如何夠花用呢？我原以為這個小城不會有這類色情勾當，但還是有。我告訴你我討厭的那個外國人，就是有一年來台灣去台中，就要阿陸請客，還要去找女人要他付錢。那一次他來台中是輝陪他去的，付錢的事大概是輝和阿陸對分。我認為他要找女人是他自己的事，不要臉的是連這等事也要人家付帳，而且還是明說的。據說有一些人上次去到他的國家，他也是這樣的招待，所以他來台灣，也就同樣有這等的要求。我最討厭的就是這種髒男人。當然阿陸也是頂會風花雪月的男人，他的太太還很會妒嫉的，他的事業已經有好幾次是大起大落，他每次賺到錢就全部把它花掉，然後再來。

43

我想要吃個什麼呢？我不知道。我想吃油飯。我今天出來，和凱茜有約，我和她是星期一和星期四見面。今天陰陰的，我沒有聽收音機，也沒看電視，如果我要知道天氣都是問房東的兒子。昨天深夜，德州的朋友打電話來，一談就是一個多小時。他好久沒打來，他打來是看我還在這裡不，所以談了蠻多事情。我想將來我要練練書法，我的脾氣不好，學書法可以養性。不過做這件事要有一個原則，起碼要有一二張大桌，用具都攞在那兒，進去就可以方便地寫，寫完也放在那兒，我不能做那些收拾或擺放的工作，這些工作都會把我的心情磨掉。有些人可以那樣做，我不能。我想做一件事要專心，我記得以前我們兄弟姐妹在家讀書，晚上媽媽都陪我們在那裡，有什麼不會的，就問她，我爸爸常從房裡出來巡視一下，看我們沒有坐好，就叫我們坐端正。他就是那樣嚴格，要我們讀書時要有讀書的姿態，他一出來，我們就坐好，有時他未出來前先咳嗽一下，他就是要有人怕他，有人怕他，他就高興。現在我就養成了這個專心的態度，做一件事只能專心地做那件事，不能再分心去做別的事，不像有些人可以一面讀書一面可以把電視機開得很大，在電視機前做功課。等一下，是我的室友，她說她的頭髮吹乾機壞了，我說可以用我的，她說沒有時間了，她就那樣頭髮濕濕地出去了。她昨天也沒回來睡，今天才回來，她已經好幾天沒回來了。要是下雨，我下午出去就要帶傘了。

44

我剛跟艾迪通過電話。你會有話要跟我說嗎？假如你能晚一些時候離開，我通過了論文口試後，就可以和你一起去旅行。是的，我知道你不能等，時間實在是太短了。艾迪十二月中後才從西岸回來，不，他不直接來愛城，他先回家，再來帶我，我們要一起在他父母的家過聖誕節。我沒有看過他的父母，是第一次去，所以我心裡是蠻緊張的。你不知道，艾迪跟我說過，我和艾迪回家一切都要默契好。這是有原因的。艾迪的父母住在同一幢房子但卻分居生活，他們為了孩子的關係還是沒有離婚。事情是這樣的：十多年前，艾迪十四歲的時候，不知道什麼原因，他的父親沒有求得他的母親的諒解就突然的放棄了他的職業工作，他們當然吵起來，他的母親是個十分堅強的女人，責問他為何不先找到新工作後再把舊工作辭掉，為這一點她不能寬恕他，因為家庭中的孩子除艾迪外，下面還有四個妹妹。他的父親受到他的母親的嚴厲責迫，精神就有點失常，從此漸漸萎縮了他的工作能力，成了一個自閉症的病人。父母的吵架使艾迪感覺可怖，就從家庭出走，他到西岸流浪了三個月，睡在街頭或工廠，等學校開學時他才又回來。後來艾迪高中畢業後，他的媽媽就明白地告訴他們兄妹，她不能供給他們繼續讀大學。可是艾迪又是這麼喜歡讀書，所以到愛城來一面工作一面唸書。他們家裡並不貧窮，他的媽媽一直有工作，而且早先就有些地產。他在離家出走時，心裡懷恨他的媽媽對他的父親的責難和逼迫，所以有很長一陣子，他和他的媽媽的關係很壞。我心裡緊張就是為了這個，而且他們家十分保守，父親是捷克的移民，媽媽是瑞士人的後裔，第一件事就是不能告訴他們我曾結婚又離婚，艾迪已經同意這樣做，而且在年齡方面我也要稍微隱瞞，不能吐實，要說得接近一點。我和艾迪回去不一定住在他父母的家裡，可以住在附近他妹妹和妹夫家裡，還有也可以住在他媽媽出租的公寓的一間套房，他媽媽說在耶誕節期間正好有一間房空出來。另外，我也不能讓我婆婆知道我和艾迪沒有訂婚就住在一起。不，這個婆婆是我前夫的養母，我和他們關係十分好，她一直認為我雖然和墨林離婚，我還是她的唯一的媳婦，我公公去年耶誕節病重住院時，我去和我婆婆住了一個月，我也一直把她看為我的婆婆。她住在那個小城裡，朋友們都知道我，我為了給她面子，所以我不能告訴她我和艾迪還未訂婚就住在一起，我要說我和艾迪要在耶誕節在他家訂婚，這樣她才不會讓城裡的人說閒話。你不明瞭，他們十分保守的，面子對他們太重要了。我也要寫信給我台灣的媽媽，告訴她艾迪是怎樣的可愛純潔。我和墨林離婚時，我媽媽就說對，那種男人這樣壞不能要，離了婚再找一個。可是這些一大堆表面現實的事，卻跟我內在的真實感覺有段距離，我和艾迪事實上不能那麼快訂婚或結婚，我不知道我和他是否能夠真正生活在一起，我們必須先生活在一起才知道能不能。我的妹妹也說先在一起再說。況且艾迪還沒找到真正的工作，我將來到西岸也要找事做。我害怕夢想不能成真。有一點你也許不贊同我的做法，我要菲菲回台灣後去探問我那個男友。我們一直沒有再聯繫，我卻很關懷他近況如何。不，我的意思是：即使他和他的妻子分手，要娶我，我也不能嫁給他，回到他的身邊去。這些時間以來，我已經建立了我自己的生活樣式，我愛自由，我嫁給他的話，自由會少一點。可是我還是會牽掛他的，他的事業成敗如何，健康如何，這些事是不能讓我完全忘懷的。對，我是變多情的，我曾經負過一個男人，這是另外的一位，他從十七歲起就愛我，真正的愛我，可是我逃掉了。捉男人是要有技巧的，男人心中有你的話，你就能完全地逮住他。當初我和菲菲就說，把艾迪這個男人勾過來，我寫信告訴我媽媽說，我沒有看過有那個男人像艾迪那樣對我失魂落魄。他對我就是這樣，他心中有我，我的一舉一動對他都是魅力。如果不是，你怎樣都不行。女人心中要有自信，有了自信才能發光吸引人。菲菲還不能有那麼好的自信，我花了一些心思調教她，好在她有慧根，她可以接受，她會變成一個很有吸引力的女人，你看好了，過幾年我們就會看到她脫胎換骨，對她刮目相看了。

45

我要告訴你，今天我的妹妹打了兩次電話給我；第一次打的時候，中途有人來找她，她把電話掛斷，然後隔一會兒再打過來。她說她最近參加了一個成人鋼琴班，後來又有一個裁縫班，她也參加了。我說你會裁縫應該替我做一條裙子。她說我們距離那麼遠，怎麼替你做裙子？我說我只要把我的尺寸告訴你。她說好，我說我現在馬上就可以在電話中報給你。她驚住了，她住得離愛城甚遠，在亞特蘭大。我和她沒有聯絡很久了，你不知道我和她的關係過去實在是壞透了。我對姐妹之情很淡薄，不若我對朋友般熱愛。這當然是有原因的，我的表現都在家庭外的世界裡。我們小時候，我父親偏愛著我這個僅差一歲的妹妹，由於這個原因，我還曾問我媽媽我是不是他們親生的？我媽媽說是親生的。但我父親疼愛我妹妹是有緣故在的，我不是說過嗎？撤退的時候，我爸爸被捕，下落不明，我們一家都在上海等消息，我媽媽堅不肯走，我奶奶去求卦，那時我只有一歲，我媽媽已經懷孕，後來生了一個女嬰，我奶奶就說生了女的，我爸爸就是還活著，如果生男的有後的話，我爸爸就沒希望了。後來我爸爸真出來了，他非常迷信，以為這是我妹妹救了他一命。但是我這個妹妹在我們都是做孩子時，卻非常的嫉妒我。她長得有點胖，而我長得比較漂亮引人注意，在學校我做班長，功課又比她好，有一次我奶奶要給我吃藥，我身體很弱，找不到藥包，平常給小孩吃的藥都是放在一個地方，就是偏找不著，第二天，我妹妹就指著地板上蓆子旁邊的藥包說，在這裡啊。還有她的不講理是跟我爸爸一模一樣的，其實還有過之，因為她是女的，就非常的生番。我和她就是常為些小芝麻事吵起來，因此感情日惡。有一次她就指著我和我男友的事罵我，說我敗壞門風，說這句話還沒怎麼樣，還算文雅，她竟說了由女人的嘴說出來非常不堪入耳的話。我爸爸罵我們也常用典，常常用論語的話指罵我們。從那一次我受了我妹妹的侮辱，令我恨入了心。當她要嫁的時候，我和我哥哥就在說，誰娶了我們家的小胖實在夠倒楣，偏偏就有吃她那一套的男人。我妹妹還在電話中說，她和我妹夫吵嘴，他氣得從家裡走出去，她告訴他們的小女兒說：爸爸壞，爸爸回來，媽媽打爸爸，寶寶也打爸爸。那小女兒就說好，寶寶要打爸爸。後來我妹夫回來，那小女兒沒有打爸爸，我妹妹就問她說，寶寶為什麼沒有打爸爸，那小女兒就說，寶寶打爸爸，爸爸會打寶寶。我們家四個兄弟姐妹，我哥哥比較老實，我弟弟那張嘴厲害，我奶奶過世前就對我父母說：家裡這四個孩子，將來只有兩個大的可靠。

46

你覺得凱茜怎樣？她是我的好夥伴，我們將來還會繼續合作，做翻譯的事。但是她最近很怠惰，她的愛人在肯塔基，她是個不能和男人相愛的人，她很溫柔，所以在同性戀中扮的是女性的角色，有一次她帶我到她家去，她就很殷勤地為我做東西吃。又有一次，她們要舉行派對，我問艾迪我可以不可以去，艾迪說可以去看看，我問凱茜會怎麼樣？她說，也許會有點野，也許不會。結果我還是不敢去，還是不去的好。我相反的，我不可能對同性在那方面產生興趣。凱茜最近很懶得做翻譯，進度不快，是因為工作太累，她一天在圖書館工作八小時，回到家又有其他的事做。她想念她的愛人，她說放寒假時要到肯塔基找她的愛人，她又怕她的愛人已經有另一個伴，所以她的情緒很亂，做不好事情。像這樣的情形，我就得提高她一點興趣，不要讓她荒廢了工作。她表示她對吳藻的詞已經疲累了，開始從內心產生厭煩，我說已經做了一半的工作，把它放棄，如果再做別家，也同樣會發生同樣厭倦的事。她問我要如何再提高興趣，我說就只好練習再練習，工作再工作，別無他法，或許會在那個時候又有所獲得，再提高另一層的境界，要是突不破這一個滯留的狀態，那麼就可能半途而廢了。你說我和凱茜不會再合作，也有可能，當我和艾迪去加州後，我們只能靠通信的方式，這樣會失掉當面磋商的那一層瞭解，我也不能當面給她鼓勵，那麼她可能因為生活關係，興趣就低落了，最後也就不得不放棄。不過，目前我們互相都做得還算滿意，我想我不要有更多的要求，像凱茜這樣的女人，更不能去強求。

47

你終於要走了，你豈知我非但要在今日的時空下與你為友，我要今生今世，乃至於生生世世與你為友，你我相識是緣份。

我感覺整個愛城，你我曾是相親的人，獨你瞭解我的任性與情緒的來由，這些日子，得你相伴，不知解我多少抑鬱和委屈，想自己終於有個親人，千里迢迢地來伴我，行過最後一個秋季。

48

我剛和艾迪通電話，我問他昨天為何不在，他說他打電話過來，我不在，明明說好我要等他，他有點不高興，所以出去散步。我還告訴你，我打破了茶壺蓋，破成三片，我只好等艾迪回來時再要他把它們黏好。現在即使我台灣的男友要我，我也不能答應他和他在一起了，雖然我至今唯一愛的是他，可是我和他畢竟距離太遠了。在早些年時，我會，我也等過他，但現在我已經由自己的一番經歷走出一段自己的道路，這是一條自由之路，我將來尋求的是幸福，要過坦誠和光明的生活，沒有那種心理的牽掛，單純的愛情，這是我和艾迪才可能有的，而不是過去的那種任性和浪漫。在過往的那段時光裡，我在台灣幾乎是每半年要換一個男朋友，我不知道為何要那樣，只是覺得我和他們相處了一段時光之後，就感到厭煩了，那些男人無論才情和品貌都不能滿足我，直到我遇到我那唯一的愛人，他是這世界上最好最合我心意的英雄，我就是喜愛他的男子漢的氣概。我就是這樣陷入於這情愛的泥沼，是我願意的，只要我和他在一起，就覺得我是真正的和男人相愛，也在愛男人。這個經歷深印在我的身體內裡，也使我在今天體悟了我應走的一條路。我現在要的是健康的愛情，我要去愛的是純潔的男人。當我想要這樣做時，我不憐惜地把我在台灣的一切成就都放棄了，我知道我在那裡是不能新生的，我只能到另一個國度重新開創一條新路，重做學生，學習獨立和自由的生活，覺悟我過去的一切罪咎。我要告訴你，在那些男人中，我真正負於他的是小李，他是那麼愛我，除了我外他不會再愛別的女子。我不應該挑他的感情，可是我的任性和虛榮使我做了。後來我發現我不能愛他，我就後悔我做了這樣的事。當小李去當兵時，我和小杜好，有一次在耶誕節的時候，我和小杜來到了台北，我要小杜陪我去宜蘭找小李，我和他的錢合起來只能買到兩張火車票和一個便當，我們合吃了那盒便當在火車廂裡。到了宜蘭，我打電話給小李，他在山上，他說我來幹什麼，我說我和小杜來，要找他談談。他來了，我和他在火車站候車室的一角談判，小杜站到外面去等，他常常探頭進來看看我們的情形怎樣。後來談判沒有結果，小李帶我們去吃飯，然後給我們買車票離開宜蘭回台北。到了台北，小杜問我們去那裡？我又不能回家，回家就出不來了。小杜說陪他去嘉義找阿南，我說累了，他說我欠他一次情，也要還那次情，我只好答應，他去籌錢，我們又乘火車南下。就是這樣好玩，在那時，我不知道我為什麼會這樣瘋。你知道嗎？我就是這樣好玩，坐在火車裡是那樣快樂，這也是我在夢中也不能再喚回的過去歲月。我在這異國中夜驚心醒來，常以為我還身在台灣，以為他又來了，以為我心愛的英雄來叩門。我那唯一的男友，我後來甚至甘願做他的妾，只要他能要我，要我等，我幾乎等他一輩子了。而現在我再也不能那樣做了，你明白我已不似往昔，我經歷了那許多劫難，我尋獲了我認清的路，生命和愛是不能有那種不止息的牽掛，一有牽掛，就沒有自由，沒有自由就不能掌握現在的愛。我現在是太愛自由了，有了自由，才能有自己真正的生命和愛。

一九八三、十二月

垃圾

一

我背著簡單的行囊，在那條唯一要進入東埔鎮的道路上行走，兩旁是稻田和木麻黃樹林的風景，顯得十分平靜和美麗。我的目光突然接觸到我行走的道旁前方的一小堆黑紫色的東西。我走近些，它似乎等在那裡要迎接我。我停住站在它的面前注視它，它是約半畚箕似土非土的、有意無意的遺留在地面上的東西。我蹲下來用手指頭撥開它的小部份來研究它到底是什麼物質組成的；我確信它是由多種的廢物和泥沙混和再經過長時的腐蝕變成的，是被農夫當作肥料在搬運的時候經過震動而掉在路旁，而沒有人理會它任由它躺在那裡。「如果你有生命和認知，那麼我們是彼此相識的。」我想。當我抵達鎮上時已是黃昏，我毫無選擇地投進一家看來簡陋的旅店，為了不與大廳上的眾多的人相混雜，我要那接待我的女侍把晚飯送到我的房間裡。

第二天清晨我醒來時，打開窗戶，外面佈滿著灰濛濛的霧氣，近前的景物淡薄如紙而看不清它們延伸遠去的事物。我下樓來，大廳上寂靜而還沒有人起身的跡象。我凝立片刻，突然櫃台後面伸出一個蓬髮垢面的婦人頭部，用著她那沒有睡足的眼神怨煩地望著我。

「你能為我開門讓我出去散散步嗎？」我說。

「幾點了？」她反問我，我沒有表也沒有回答她。她自己把眼光投向牆壁上的掛鐘，然後自言自語地說：「才五點鐘。」

「這裡的客人從來沒有人會那麼早起來。」

她沒有移動；顯然她只是直起上半身還坐在架設在那櫃台後面的床鋪上。我不明白她為何不趕緊起來為我開車而只是瞪著我。我沒有再做任何表示，只在大廳有限的空間來回踱步。現在她扭動那癡肥多肉裹在一件寬鬆的睡袍的不爽快的身體從櫃台的一邊翻開一片枱面木板走出來，窸窣有聲地經過正好我轉過的身旁走向大門，並且使出全力把一扇門異常響動地拉開。她從那扇打開的門探出頭，然後縮回來對我說：

「什麼也沒有。」

「謝謝你。」

她任由那扇門半開著，在她轉身又回到那櫃台後面的臥鋪時，我走了出去。

事實上街上有少數的人影。這市鎮的街道走起來可以看出棋盤似地縱橫連貫著，緊閉門戶的店鋪或住家的前廊靠近水溝旁邊都有一些靜擺的塑膠桶或袋子，從夜晚中遊蕩的狗搜尋翻倒，潮濕發臭的廢物或紙屑由桶裡傾倒出來，有部份落進水溝的陰暗裡。這時不知從何處而來在霧中出現的老邁清道夫，拖著用長竹竿裝置的工具，把水溝裡黑色的泥濘舀上街面來。新的軟的泥濘澆在舊的乾硬的上面，像是餅乾上淋著巧克力。街面上每隔一段距離或在轉角處均設有一個鐵皮打造的漆著頭白身背黑色的企鵝形象的廢物棄置箱。我由水溝的深淺程度和街道上的房屋建築的新舊式樣可以辨識這市鎮的地勢位置，我正漸漸由市中心走向邊郊地帶。

一部三輪車無聲似地從我背後駛到我的前面，我只看到那位穿黃襯衫踏車的男人的背影，當車輪輾過我腳邊時，它那滿載的鬆散的被剪了無數孔洞的皮物，有一零碎的小片勾在我的半敞開的外衣袋口，那車子在我同向行走的前方由清晰的形象漸漸淡薄而沒入霧裡。我用手指撫摸那一片皮物，辨識到這是一種用塑膠模仿的偽皮，是用來做鞋子的物料。我已經來到了一座石泥橋，望著這霧河的幻景，河邊兩岸茂密著高崇的竹林和大樹，河床中央流著細細彎曲的水流。我俯身注視橋下可看清楚的東西，在廣闊的乾涸河面的草叢上，被隨意地拋擲著一袋一袋裝填鼓得滿脹的透明塑膠袋。我移開腳步要走過這座橋。我抬頭前望時，那部剛才駛過我的現在停在那一邊橋頭邊的三輪車漸漸又由霧中顯明出來。那位瘦小的男人已經下車，揮動他的手臂，把那些載來的被利用後的剩餘物由車上拉下來拋在河裡。我駐足倚靠在橋柵，隔著空際中瀰漫的遊霧，那些一張張剪洞後猶相連綴的東西，就像往河裡投下一面一面的網傘。然後那個男人踏著空車面朝著我駛來，我們互相看清對方時，他的臉上顯示一種空漠無情感的灰白眼色。我回頭望他，又一次見到他那前傾的沒入霧中的背影。我來到橋頭，觀看那經年累月被傾倒廢物所堆積的由河底延展到路面來的一個如山坡的斜度，有一面牌子雖是插在那裡但卻是被廢棄物包圍著，白色的底漆上寫著嚴肅的黑色字體：「禁止傾倒，違者嚴懲。」

當陽光出現，漸漸驅散這市鎮的晨霧時，我回到旅店，我躺靠在床鋪上吸煙，決定不那麼急速去會見鎮長提出我早先為這市鎮所規劃的焚化廠的設計。我必須重新觀察這市鎮的人口、地形和區域範圍，以及所有廢棄物的複雜品質之後，才能完整地獻出我的計劃。我是自願來的工程師，這市鎮在我預想中應該會樂於聘任我為他們的環境清潔做出一勞永逸的工作。當土地上沒有人居住時根本不需要去注意污染的問題；但當人們密集生活在這個地區時所拋棄的廢物卻必須加以控制或轉化，這樣才免於危害自然和人類自己。這是人類自己的社會歷史、生活地理、道德和生命哲學的全盤考慮。

二

我寫了一封信給鎮長，說明我到達而還未前去拜見他的理由。我已由那家旅店搬到一處只有一對老夫婦居住的房子的樓上閣樓，在那個寂靜的房間裡，我擁有足夠的空間和免受各種誘惑的干擾，來從事我的研究和構想。我首先做些估計和統合的工作。這個鎮上約有千戶人家，每戶人家每天約有半桶的廢棄物；舊街有幾家製紙盒的工廠，那條名叫景街是鎮上每天上午露天的菜市場，每天有成噸的壞菜葉和腐爛的水果和其他被隨意拋置在現場的不要東西；新街有數家塑膠鞋工廠，他們有百多人工工作所留下來的剩餘物，那是像那天清晨用三輪車把它運往橋頭傾倒的東西。另外有幾家木料製材工廠，和在家庭裡木刻藝品留下的木屑，這些東西現在不用來做為家庭的柴火，而是運往郊外的空地隨意拋散。這市鎮沒有重大的工業，除了一所設在海邊新生地的火力發電廠，它的特殊廢水有一條涵管通流到海裡。

我跟隨一部垃圾車，看它收集廢棄物的情形。那是一部舊式的需要人工站在車上接獲每戶人家的廢物桶傾倒的車子，所以那幾位穿長統塑膠鞋不停在車上踐踏和工作的男子看來非常的辛苦，他們像患有貧血病一樣臉色十分蒼白，他們有一種類似惡劣的壞脾氣，他們並不傾倒得很徹底，常常還有黏黏濕濕的東西掛在桶口就把它拋到地面，讓人撿回去。依照它行車的路線，可以看到地面上隔了幾步就有遺穢的東西點點滴滴地散佈著。那部車的幾個工人最後就站在滿載的廢物上駛離市區了。我和那部車距離有幾十公尺，由於它的車速，我離它越來越遠，但我憑著目光知道它前進的方向，離開市區後，經過一段低地，它開往河岸而去。

我坐在河岸的堤防上，這段河道是繞過市區邊陲而來的河道下游，可以遠遠觀賞到海口處寬廣的沙灘風景。這部駛來傾倒廢物的車子在河床中央完成它的任務後轉頭駛回去了。河床上開始有火光和漫煙在焚燒，一堆一堆的廢棄物佈置在那裡，像是一種廢墟的悲殘景象，使人想像抽象油畫的色澤和佈局。我從堤岸跳下，在那廣漠和惡臭的地域裡巡行和思考。我信步走到海口，那些被水流帶來為潮水漂洗過的廢棄物改變了另一種形貌擱淺在沙丘上。在那裡徘徊可以看到單獨一隻的紅色女鞋、家具拆散後的一根木條、消癟的洋娃娃或啤酒罐。

我撿到一些被海水和風和太陽漂洗磨滑減輕了重量褪了顏色的木質物，它們像什麼我不知道，只是代表一種在時間裡轉化的東西；它們沒有什麼價值，但我把它們帶回到我的住屋，放在一隻竹編的小籃子裡。

我還沒有和鎮長正式會見卻在街道上相遇了，他的隨行者介紹了我認識他，他姓白，並告訴我他們已經注意我的行蹤多時了。他站著並不多說話，只露出笑容傾聽我和他的隨行者辯論街道上企鵝桶和河床廢棄物的觀瞻問題。他們誇耀他們原先對企鵝的構想以及付諸實施，卻並不知道是對生活在地球另一個地域的動物的嚴重侮辱。那些街道上擺設的企鵝桶幾經風雨和使用的不當，企鵝的滿嘴污穢，頭部被唾吐檳榔汁，而圓弧的肚腹裂開，冒出腥臭的魚鰓和鴨鵝的肚腸。他們並非沒有想到這一層，而是自久遠以來習慣於表現人類本身的優越感。滿街上的事實使那隨行者啞口無言。但對於河床上傾倒和焚燒廢棄物的事，他們很有自信的說只要幾小時的雨，水流就可以把它們做一次的清理，沖它們流到海裡。

鎮長對我表示有關於我將提出的計劃均須呈報給上級，如果上級批准下來，那麼就可以正式對我任聘。最後他們詢問我是劉派或曹派，我十分迷惑，並不瞭解著這包涵什麼意義；我想到這可能是一種政治派系的問題，我既不是劉派也不是曹派，這是非常顯然的事實，因此我天真地回問著他們：「是劉派或是曹派這有什麼關係呢？」他們並不回答也不解釋地走開了。

三

房東兩老簡明地回答我的詢問，說這是這個地方縣府轄區內的兩大政治派系，任何一件涉及到公共事務或私人恩怨總會出現著一派贊成時一派反對的局面；他們在議會或代表會裡均維持著相等勢力，當事情需要尋求最後的解決時，就必須在暗中以價碼收買游離的份子。我無法想像我的工作一旦要與這種情勢相混淆時會產生什麼樣的結果，而我似乎預感著這是不可避免的現實。無論如何，在我提出了規劃設計之後，我只有等待事情將如何發展，而目前我最重要的是在不能離開而必須存活的情形中尋求一道自己活命的辦法。我對東埔鎮的人來說應該不是像外國人那樣的陌生人。這一點也許更糟。我只有向房東夫婦坦白表示我的處境以先獲得他們的瞭解；事實上我十分幸運由於他們的清高見識和老久的閱歷反而對我投以非常的諒解和關切。我從他們感慨的述說中得到新的靈感和憂慮，他們依記憶講述東埔鎮過去的生活史，那條圍繞流經的溪流隨歲月的變化使我對廢棄物的處理的單純意念展佈和拓擴了起來。僅只五十幾年的光景，它已由與海水相連可行船的景象變為河床淤沙和高浮，如果再經過五十年，那麼河道恐怕將要高於鎮區的地面，而人口卻不斷地在市區內增加和密集；雖然那也許是一樁未來我們眼見不到的事，可是過去、現在、未來對人類存活的本身來說又有什麼分別呢？處理廢棄物的問題，相同的必須把河道也考慮在裡面，否則將會全盤失效，發生意想不到的嚴重後果。

我開始每天上午的時候在鎮街內的廟前和一些為生活擺設攤子的人一樣販賣幾件隨時經由我巧妙手工做成的玩具給婦人或小孩。後來就改由我在家裡製作，那兩老輪流在那裡看攤子，所得利益均分。我認識了茜娜，我首次見到她是她在為全鎮民眾打夏季的霍亂預防針時我伸出赤裸的手臂給她。第二次是在假日，我到海濱觀察潮水。我發現漲潮湧進海溝來的水流上漂浮著白色摻有雜質的泡沫羣，我雖無興趣游泳，但我站在水中讓潮水一分一寸的浸沒我的雙腳；茜娜和幾位衛生所的同事正要涉水橫過海溝到那一頭沙灘的海濱浴場去，她們經過我身邊時笑著我，我伸手拉住茜娜，要她注意那些成羣而來的泡沫。她們並沒有對流過她們腿間的泡沫感到驚訝，她們瞇成一線的眼睛卻在窺視我，她們把目標由我轉到茜娜。

「茜娜，茜娜，你怎麼會交上這個奇怪的朋友。」

茜娜馬上滿臉緋紅。

「不不不，我沒有和他交上什麼朋友。」

「那麼現在就交上了。」

她們說著把她留下來，就往前走開了。茜娜喚著：「等一等，等我。」她追過去。我叫著她：「茜娜，茜娜。」但是她只顧往前走，並沒有理會我。

四

我由鎮街北往迎著強勁的東北季風想到河道的另一座橋去，據說那裡的一段河道由於建築商在岸邊建造數量頗多的房子侵佔了河道原先的用地使河岸變狹了。我立在橋柵旁邊目睹著許多大卡車來來去去在河道同向的道路上快速奔馳揚起大量的沙塵。在我不覺中，突然有些紙片和布碎被風勢吹來撲到我的面前打在我的耳邊上，我回頭看到一位婦人手捉緊著塑膠桶半跑半走地回到附近的住屋裡，原來她是跑來橋上倒廢物，那些東西一部份墜落河底，一部份飛捲到空際，又被風吹回到橋面，然後滾動著在不定位置的地面上。橋南的河道變狹是兩岸新建了房屋做了防護傾塌的堤防，橋北的河道漸漸伸入山丘的地帶，地勢較高，河床裡沒有水流，卻佈滿大大小小的鵝卵石。我為了要看那些載運大量拆屋後的廢棄磚石和泥土到底要運往橋北的何處，由橋頭附近的另一條小徑下到河道去。我繼續往北顛簸地走著，在河道的轉彎處終於看清楚了前面一堆一堆像小金字塔三角形的堆積物，那裡距離橋梁有數百公尺之遠，又有轉彎被山丘上的樹木遮住，似乎法令或觀瞻印象都無法約束到。那些大卡車由那河岸道路闢開堤防鋪設了一個斜坡面下到河道來，然後就在那半荒的河床傾倒那些運來的廢磚廢石和廢土，它們輾塵而來，傾倒和倒車，揚塵而去，非常熱鬧。我像遊玩一樣散步走近那些土堆，憑著我的目測估計那些數量，以及想像未來更多的數量。我環視河道兩岸的風景和地勢，山丘上都是相思樹林，但有幾處較平坦的地方闢為水田，將來洶湧的山區水流會被這些堅硬的堆積物阻擋轉向衝破兩岸的土堤，淹沒農作區，漫流到附近的道路。見到這種肆無憚忌的傾倒景觀使我繼續在那一帶徘徊和思考。我瞥望到一部車輛在傾倒它的磚石塊之後，並不是我佔了它的道路，而是它似乎有意地開足馬力衝向我來，當我驚險的閃避它後，又發現另外的一部也衝向我來，然後是所有的在河床上的車輛把我圍繞在中央。我站在土堆的頂上，正面臨著那些下車來的獷野司機向我一步一步逼近，他們握緊著他們粗大的拳頭，還有的拿著按千斤頂的鐵棒。我一時感覺我所見到的風鳴的大地突然變得屏息寧靜，那些在空際為風帶飛的塵沙只見到它們流動的形影而無任何聲響。他們漸漸靠近我，他們都具有殺人之前的蒼白僵硬面貌。我的魂魄早已拋棄了我的搖動不穩的軀體，它已沒有竄逃的機會。這時突破這危急的靜默，從堤岸那邊發出一聲阻止的喚聲，並且跑下來幾個人，最前面的並且嚷著不要動手的是穿夾克的白鎮長。

翌日白鎮長使人召見我前往鎮公所他的辦公室，那裡的沙發坐滿許多人，所有的眼睛都朝我觀察著。他說上級已經指示下來，籌建廢物焚化廠的事應由地方自己的代表會去決定是否需要。他又說這事要辦也要好幾年的籌措，一時間無法依照我的設計去實現。他清楚而惋惜地告訴我明年要改選鎮長，他的法定的兩任鎮長已經屆滿，不可能再競選，而依照例規，他的會計預算已經完全用完，一切重要工作的編列要由下一任鎮長重新開始。代表會的主席表示目前無法安排臨時會議來討論這種人人不感興趣的議題。當我表示願意長期居留在這裡等候下任鎮長的決定時，他們說他們現在已經決定了，將來就是要做的話也由他們決定人選，並不想聘任非本鎮籍的專家。我說我的工作還未完成，我將親眼見到一些證實我思想的東西，我對東埔鎮的垃圾已經產生著熟絡的感情，我的生活已沒問題，我必須還要留在此地。

傾盆大雨已經下了幾近整天，我撐傘外出，在衛生所的門外等著茜娜下班出來。茜娜對我說過：「我被警告不要與你往來，為何你要管那閒事不可？」我們在街道走過，可以看到水溝已經溢滿了水，滿街都浸泡著當天沒有清理走的東西。行經那座我第一次站在晨霧中觀賞河道的橋，從橋頭傾倒下來的廢棄物為水流帶走了，但我預感著它們會再流回來。橋下滾滾的洶湧大水，在混濁的水流中浮沉著從上游帶下來的數不清的樹木和各種拋棄物。茜娜不明白我要帶她去那裡，我還無心情去為她解釋我的行為的動機，因為一切將會出現在她的眼前。我們走了一段頗長的路來到鎮郊，我拉著她爬上山坡，我們行走得很困難，但終於爬到一個可以完全俯瞰大東埔鎮區域的位置。看罷，親愛的茜娜，我對她說，這場雨使我們能看得更清楚，可以證實我的想法。整個市鎮被雨無情地淋打著，水流的高漲，擴大了那河道的形貌，這一切都清清楚楚的。有人也許正在慶幸歡呼著這場雨把地上的一切污穢洗掃清潔，經由那條河把它帶到無邊際和無比深的海洋去。但是我指給茜娜看，看向那較遠的海口；現在已快黃昏，我算著潮汐不久就要湧臨，如果這場雨不停地下著，到了午夜，當人們在睡夢中時，將會發生海水的倒灌；那些白日被水流帶走的垃圾大都浮在水面，將全數漂流回來，當河道的排水無法由海口進入海裡，將會溢出堤岸，漫流到市區。茜娜，我對她叫著，一個人泡在水裡並不是頂壞的事；我們都曾奔向海洋或到河裡的水潭去淋浴，覺得水是可親的東西。但是當一個人泡在死的動物和發臭的東西的垃圾湯裡就不是那麼愉快了。那些東西將沾滿在我們的屋門和牆上窗戶，隨水流進屋子裡，沾滿在餐桌和床鋪上；水高漲時，可以沾滿在我們的身上頭髮和房舍屋頂。沒有人能在黑夜為水侵犯或為垃圾堵塞而覺醒時還來得及逃難。我不忍再述說透過我的想像把那難堪的慘狀形容出來。今天，我們還不會那麼快面臨它，東埔鎮在今晚還是安逸的平安之夜，還不會浸泡在骯髒的水患裡，但是它一定會在未來的某日來臨。我這樣說著，我身旁的茜娜卻熱淚滿盈……

連體

——向某藝術家禮讚的寓言

據說他隨著一隻船到來，從廣大的海洋的那一邊的一個小島出發，在抵達東岸港口時，他從高高的甲板上走下來，踏著了這片巨大的陸地。一個小小的個子，但是他年輕、細小的眼睛裡閃爍著光芒，內心裡預藏著一個希望。隨著他失蹤了，讓他在原地登船而且一路把他視為弟兄想把他栽培成船員的人找不到他，以為他迷失在城裡，派人到遊樂的地區去尋找，想他一定會在錢花完疲倦的時候回到船上來。他們延緩開航只因為愛他認為他在這異地孤單，不過決定他回來時要嚴懲他一番，這往往就是教育新手的辦法，對逾假者的體罰已經是承傳很久的歷史。當他們意會到他不是他們想到的那些原因，等候他等不到，在忍痛報告了當地的官員後，把船開走了。

他躲藏了幾日，像個古代的原始人，在這個最文明的城市裡，他找到了樹林和洞穴，白晝他出來覓食，黑夜隱祕地潛回無人知曉的巢居。他還不想去尋找同鄉早先落居此地的朋友，那些在童年曾和他生活在那島上玩耍和繪畫而經由合法登岸現在已經立足創業的人們，因為他明白當地被告知的官員一定是日夜在那些人家守候，準備在他出現時就逮捕他，依照他們的慣例會將他關起來，然後再有船來時將他遣送回去；這樣的話等於白費了他的心血，對他來說是滑稽和不名譽，所以他必須忍耐、機警和保持健康。他不能生病，病痛會使他的意志轉弱，最後是投降和失敗的命運；他有最壞的打算，生病時也不出現，準備孤獨地死亡。

當他有一天在街頭的牆壁上看到一張貼著的通緝他的畫像時，他知道尋捕他的官員已經不耐煩了，依照他們作業的程序，他們放棄了到那些人家去守候，認為他會有侵犯別人的危險而訴諸公眾的警覺，而這個時候正是他可以去造訪他的友人的時候。他想千里迢迢從小島來謀生的人總是在這異地幫助自己的同鄉人。大白天他混在人潮裡在畫廊進進出出，黑夜裡他在餐館做工，餐館的主人在打烊後把他鎖在屋子裡，讓他做完工作就在裡面睡覺。在經過很長的時間後，他坦率地寫信給當初積極要捕捉他的官員，將他抵達後的藏匿生活一一告訴他們，表示他並無惡念，而這個時候，應該是他們實施對他寬容的階段。他的報告等於是對他們的挑戰，是他對他在此的生存權的申訴，他要他們到他指明留下遺跡的躲避地點去，在每一個地點可以考證到他的艱苦和意志，他用他的本能，而不是用他們的辦法，他表示任何一種方式都能證明這廣大的空間的自由精神。

他把他們弄得啼笑皆非，那些處理的官員中有人盛怒了，有人卻感嘆地點頭表示欽服。這時是個雙方尷尬的階段，他當然不能大意。意志的驕傲之後就是謙卑的呈現。他告訴了他們他每天的行止，而且他說他準備要發表他的作品，像那些生存在這被人類建造起來的物質文明的城市裡的藝術家一樣，唯一區別的是他以自己的身體為材料，演出他身體的語言。他是為人類的精神爭取自由的鬥士的行列中的一個，同樣他是為人類的形式孕思的，而不是貪圖在這豐饒的陸地上耗費食糧的人，如果他們只是為他個人的不合法要捉他，他將放棄對這神聖的土地獻出他的工作；他將不貪婪，如果他們蓄意要侮蔑他們豎立的精神碑石——他們曾制定了法律收留和保護藝術家，使其為創造而成長。但是在經過了猜疑、鬪智和長時間的疲乏之後，他們並沒有放棄緝捕他，而他終於在他們和所有人們的面前揭露了他的身份，毫無隱諱地顯現在這被哲學家形容為無重量感的海市蜃樓的奇蹟城市。

是的，不必假手那些官員，他把自己關起來，不必他們費事，他自動的囚禁自己於牢籠內。不必耗費他們一錢一分，也不必佔用他們的地方，監獄裡已經擁擠太多的人，他用他辛苦工作賺來的錢訂製一個模樣相同的鐵柵欄獸監，擺放在他租來的一間被廢棄的倉庫，公證人打開牢門，讓他走進，然後封印和拍照。他像一隻已經被剝奪了自由生存權的禽獸囚禁在無法脫逃的鐵籠裡任人去參觀和揄揶。他和圍觀的人互相注視，可是還沒有人能透過這形式的表演瞭解他，因為他的地位像獸，他讓自稱非獸的人類去親眼看看他們一樣形象的人的他就是獸。

他完全像獸一樣單獨地關閉在方形的籠子裡，人們從四面八方都能赤裸裸看見他彷彿敗喪而躺著的模樣。人們不明瞭他為何如此，覺得他既可憐又可鄙。時間久了，觀看的人比他自己更忍受不了，而他自己反而更能逐漸地解脫。有人定時拿來食物和水給他，吃過和飲過這些東西後，他會為消化在有限的空間繞著圈子走。起先他不好意思大小便，只有乘人都走開時解開褲子，但是他正當在進行時，人們又圍攏過來。有人甚至好奇他夜晚會做些什麼事，輪流來觀察他，尤其人類學家來考量他的意志力，還有社會學家和心理學家想來從他身上製造一點新論題，所以新聞記者也天天跑來，看看是否有任何的變化，有一位牧師想和他進行一次交談，但被他拒絕了。他就是這樣：不看書報消息、不說話、不聽音樂、不寫字，不痛苦不快樂，完全無為地存在著。人們所見與他所表達的意涵有著相當的距離；這是現世的人們前所未見的景象，除非人們能從歷史去追憶聖・西蒙。

他自囚一年到終了時，正是他離船踏上這塊陸地算起滿五年，那些關懷他的官員走過來不再是為了逮捕他，而是前來向他握手恭賀；為了職責，他們先前是要捕捉他，現在是為了要留住他。

「歡迎你到西方來，東方先生。」

東方先生是整個新聞和藝術界給他的稱呼；新聞界是為了新聞事實，藝術界是為了肯定表達藝術的自由。

那些官員在他離開鐵籠子時又說：「如果你願意，你到我們的辦公室來，填上表格，成為亞美利加的公民。如果你找不到工作，我們也會發給你生活補助金。」

「謝謝你們的好意。」他說。

但是他並沒有去他們的屋子；他想：這些事物對他來說都是不重要的。重要的是：他要把一架打卡機安裝在自己住屋進門的牆壁間。他買了一把鋸子，買了一些木板，親自做了一個架子來放置打卡機。這部機器他去訂購時，要那家公司的技師調整每一小時只能打卡一次，時間未到或時間過了都不能使用，把卡紙放進去，它能自動打出年月日和第幾小時。所以他現在顯得極端的匆忙，他選擇在附近打零工賺錢，每小時都要及時趕回來一趟；他的臥室和打卡機僅間隔一面木板牆，有鈴聲每點鐘催醒他起床過來打卡。他這樣做，看不出他為了什麼目的，人們覺得他好笑，指認他滑稽，一個小東方人故意模仿西方社會做這愚蠢的表演。漸漸地，那被打滿日期和時間的卡紙累積了起來，人們看到他時也笑不起來了，覺得這事不是因為心智不足而弄著好玩的，這時他更嚴守自己定下的紀律，更無需去解釋他做這樣的事是什麼意思，但是人們意會到了，嗅到的嘲弄味道越來越濃，簡直要淹蓋整座外表莊嚴內部華麗的城市。情形相反了，他對自己的職責越來越駕輕就熟感覺輕鬆，而看到的人們卻變得逐日地緊張和不愉快。

固然，他這樣地折磨自己，愚弄自己，使他自己在白晝從不能順利地做完一件工作，使他不能完整地在夜晚的睡眠中織好一次夢。而且，有遠從大海洋那邊他出生的島上傳遞過來的訊息，要他結束表演整裝回去；他的親人的信上指罵他羞辱他們，因為他的祖宗的觀念非常重視外在表現的名譽，在西方不能丟東方的臉。城市的住民也不完全欣賞他的作為，傳統派的人士內心裡非常深惡痛絕，指證這是異教的作法，比印地安人更卑鄙和骯髒，令人無可奈何和頭痛。在這個城市的同鄉朋友也覺得他這麼做不是滋味，他們想：這樣做對他自己有什麼好處，更不必說對他們有什麼好處；他有本事的話，何不去跟隨那些超寫實的畫家用筆畫畫賣錢，卻像一個傻漢一樣打零工，然後做這無意義的演出。他變得孤獨了，雖然他被疏遠，但他安靜了，這增加他的思考，而他體嘗了更高的境界。他的信念是要做好這個表演工作，且準備在做完這個工作後，繼續演出另一個作品主題。

他打算一旦離開自己的家門，就不再走進自己的，也不會走進別人的門戶，他準備流放在戶外一個年頭，像他已經完成的對自囚和打卡兩件作品的堅持。這座大城到處都是高大如山的建築物，它們是為人類建造的，是人類的驕傲，但是他拒絕它們那種整潔和美好、溫暖和安全的誘惑，他認為這世界仍然到處都是缺失，是虛飾和野心所建立起來的，沒有自我充滿的精神和安全，反而隨處都是依賴的危險，其中的一條電流斷了，一根螺絲釘腐朽了，都會造成全盤的癱瘓和崩潰。但是他的表演還不是完全為這理論的理由存在，這種理論不是他萌創的意念來源，這是平凡對立的論調，不足構成他存在的支柱。他有自我訓練和受苦的想法，有私自需要的理由，有完成自我的絕對精神，有不去和現代總體文明混淆的生活態度。他出發了，背著簡單的行囊到處遊蕩，但他不是乞丐。白天的時間，他尋找在外頭的零碎工作賺錢謀生，晚上睡在公園的石凳上。他被人從這一區趕走，走向另外的一區，再從那一區被趕，再到另一區，因為人們嫌他的骯髒，覺得他的模樣醜惡，怕他身上有傳染病。夏天他在港口和海岸走過，冬天在靠山區的雜草堆中睡覺，厚厚的積雪在一夜之間就把他埋沒，但他並不因此生病死亡。有一次有些人聯合報了警，警察過來捕詢他。

「你在做什麼？」

「我在演出。」

「演出什麼？」

「表演我的藝術。」
「你的藝術是什麼？」
「就是演出藝術。」
「沒有別的說明？」
「沒有說明。」
「為什麼不進屋子去表演？」
「因為它必須在戶外表演。」

警察決定要接受人們的控告他騷擾居民，他被帶走，遞解到法院，但是當初那些想逮捕他的官員出面了，為他解釋他是藝術家，受到法律的保護，才把他再釋放了。他幾乎受盡了排斥和驅逐，侮辱和謾罵，但他漫遊了全城的大街小巷，走過所有的橋梁所有的路，一年之後，他回到他一年前踏出的門，走進自己的住屋。

這一次他休息了很長很長的時間，他在昏沉的睡眠中夢著自己回到了那個島嶼，他赤腳在泥土路走著，感覺有一股暖流自腳心上升，通達到他的腦頂。他看見山丘上長著相思樹和芒草花，他的妹妹身上穿著紅花衣裳在他的面前跳躍；他聽到屋簷的麻雀叫聲，以及籬笆外的犬鳴。他覺得自己睡在農村的家裡，看見了父親有皺紋的臉孔，他的母親端著碗走到他的床前，一張蚊帳隔著他，使他只能看到她灰暗的表情。他病倒了，那些湧向他的懷念思緒把他堅忍的意志推倒了。

他從蜷縮的身姿翻仰過來，伸直手和腳，挺起脊背想起來，但他覺得昏暈和旋轉，重跌回床墊上，只得繼續躺著，沉重地喘著氣，從內心裡感覺對一切現實事物的厭倦。他清醒而憎惡地想著，他會在意志的消沉中虛弱地死去。他又睡著了，這一次他夢見一個女人，金色的長頭髮披在肩上，一對碧綠的眼睛投出神奇的光芒注視著他；她原在一處山嶺的廟宇盤腿靜坐，她站起來走出廟門，背對著灰藍的羣山，然後她行走，在離地的空中安穩地移動，越過高山和湖泊，從許多村莊和農場的上空經過；她從遙遠向他走近來，站立在他的面前和他對視。

他醒來時已經起身坐著，環視著自己租居的所有一切，他一一思量家具的用處，估量屋子內空間的大小。這是一間大樓房中的一層樓的寬大房間，他的意識已恢復清醒，在這同一層樓的另外兩個部份居住著一位男性畫家，和一對跳舞的夫婦，他們之間從來不互相造訪，只有電話的聯絡。他翻閱床邊的記事簿，打電話過去。

「哈囉，德賽斯先生嗎？」

「正是，你是誰？」

「我是你的隔壁鄰居。」

「你好嗎？」

「我沒有死。」

「恭喜你。」

「假如我找來一個女人同居，你不會不方便嗎？」

「廚房是會有點擠，不過沒關係。」

「那就謝謝你。」

「你是想結婚嗎？」

「不是，是為下一個演出。」

「什麼?!你真的瘋了？」

「這一次才是真幹的。」

「難道你還做的不夠嗎？」

「德賽斯先生，你是個畫家，我問你，你一生只畫了三張畫就滿意了嗎？」

「不，我不滿意，我要一生畫下去。」

「我也是。」他說。

他大步踏出屋外，到報社刊登了一個訊息廣告徵求一位同時表演的女性。琳達，來自這大陸地西岸的滄桑女子，早已經心儀這小東方人而蒞臨這東部的大城來打聽他的行蹤。他和她見面了，他意會到她的神祕學養，也注意到她的美麗，他們訂下了下面的演出約定：

我們，琳達和阿慶，計劃去做一年的演出：

我們將在一起絕不單獨分離；

當我們在室內，我們將在同時間中在同空間裡；

我們將用八尺的繩在腰部綁牢在一起；

我們將絕不觸犯對方在這一年間。

從那年的夏季開始，在這個擁擠各色人種的大城裡，當這位白膚女人在大學的學堂授課時，她的旁邊有一條堅韌的繩子連牽著一位黃膚男子站立著，他沉默而凝思聽講；而當這位男子混在一羣建屋工人裡忙碌地做木工時，同樣那女人站在身旁看著他精巧而勤奮地工作。他們一起出門，一起回到屋子；初先他們非常引人注意，看到他們的連體模樣會引發些遐思和想像；日子久了，他們的形體會逐漸隱沒消失在這浮幻的歷史大城的角隅，但他們的事蹟會傳述下去，永遠留在人類的記憶中。

一九八四、二月

環虛

一

我抵達傍海的小漁鎮時，天地一片灰靄分辨不出時辰，我沿著兩旁盡是早期紅磚砌成的房屋的狹長街道不停地前行著。行經市場的一隅，一片腥臭纏住了我的腳步，我皺著眉楞楞地望著市場的嘈雜紊亂，站了一會兒，才又恍然急速地大步離去，再行過兩個轉道就是臨海的區域，我突然憶及許久以前來此的經驗，同樣的光色，蟄居於此的友人曾詳細描述過這孑然獨立的貧窮漁鎮，我們沿著入夜的街道漫步，整個市鎮覆蓋在一襲黑色的寂靜中，有一種特殊的迷離氣息令我被強烈地吸引著。我還記得偶抬頭驀然地發現有數隻窺伺的眼神在天際向我逼視著，我與友人談論及星空與月光，有關他自一個善感的女孩聽來的一個月亮被埋葬的故事。後來我們坐在一艘裝有馬達停泊在碼頭的捕魚船內邊剝花生邊飲著酒，開始一個故事接一個故事地交換著彼此的思想和情感。我隱約記得當時友人講述夜間海水漲潮的事情，由於醉意和興味的低落，並沒有十分聽真切，而那故事總不外是夜半升高的海潮突湧吞噬了沿岸之類的悲劇。那時，我曾望向對岸的一片沙洲，依稀留有那印象的感覺。那友人雖賣力比劃著解說海水的沖積力量，但進據我心中的卻是沙洲本身蘊藏著的無限神祕感。是的，此地是有專以裝載沙洲居民往返小鎮為業的渡船，然而入夜後即停渡。據說對岸只十餘戶居家，生活之窮陋尤過於小鎮；極少數的沙洲居民需與小鎮經常聯繫，其餘則日夜埋首於謀求最低生計的勞碌中，男女老少鮮有例外。「……居民餐風飲露的艱困生涯，是一代復一代地延續著……」當友人說到這樣的一群遺世者時，我感覺那語態中的敬愛尤甚於憐憫。我們沒有在捕魚船上等到海潮漲起就離開了海邊，因為友人的住處是在漁鎮西南的小山上，而他堅持他必須去那山上觀看另一種景致。我們沿著小徑來到山巔時，俯覽下的小鎮似乎已經睡熟了，海邊所曾賦予的震撼感也逐漸地趨於平靜。那友人引導我到一處便於瞭望的草坪坐下，我下意識地先找尋沙洲的方位，而後安心地面對著它躺臥下來。「如果你需要我，就走到屋子的那頭，有一盞燭燈亮著。」友人向後指著草坪的盡處而後又詭祕地對我一笑：「現在你可真正地享有你的孤獨了。」說完他轉身離去了。我對於「孤獨」確有一種迥異於尋常的虔誠情緒，有人苦心孤詣地贈送我一塊鐫著「耽於孤獨者，非神即獸」的直行小匾，我對於其中戲謔的意味毫不以為意，並且衷心地感動著而頗引為知己，這匾便一直豎立在我的案頭形如祖宗牌位被供奉著似的，於是「孤獨之膜拜者」之名便取代其他一切封號不脛而走了。想到這裡，我不由停下腳步倚靠在路邊的矮牆斜立，閉上眼深吸一口牆頭探伸出來的桂樹的芳香，向前凝視。

二

我的確是常有一種幾近膜拜神明的虔敬心態：在人群中，我感覺不到自己，經常我會遠離塵囂獨行至人跡罕見的山巔，尤其在夜裡，在漫天漫地的漆黑中，那漆黑中卻透著些許細碎的星光，我便在這沒有人聲的黑暗裡擁抱著天地，擁抱著我自己。靜靜的黑夜的山上，隨著呼吸的起伏，天地才好像展開了序幕。然而一切並不是真正的靜止，我可以在靜夜中感到自身生命的逐次擴張、延伸乃至於無限……。而有時，動與靜的極端感受卻幾乎是同時出現，我便在這無意間觸探了神的祕密般地萬分惶恐而又感激、滿足……。我再次深吸了那桂花的芬芳，這就是孤獨的極致。

但是什麼是愛情的極致呢？我想著。我的生命中曾經擁有過一位親近的戀人，她是我當時心中的女神，我崇拜似地狂戀著她，我一度以為那即是愛情的極致。但是終於有一天，我對她說：

「單純的愛情不能滿足我。」

「你要複雜？你的意思需要刺激？」

「刺激與我的清靜是不相容的。」

我奇怪她的曲解，於是我說：

「我要的是愛情以外的東西，或可說是通過愛情來完成的東西——這才是我的意思。」

然而她終究沒能領會我的意思：如今我是孤獨的了，我且慶幸能夠擁有的是孤獨而不是愛情或其他事物。的確如此！我想，除卻孤獨世間哪有真正的圓滿與徹底呢？——愛情尤然，愛情的最終目的在於結合，但世間並無真正徹底的結合。結合之義，在於免卻孤獨，然則人能夠真正免卻孤獨嗎？最後她很寬慈地原諒了我帶給她的尷尬與疑慮而做出這樣的結論：「人與人的溝通，可以不依雷同而能共處。」我當時沒有繼續辯論下去，但是我卻這樣想著：人與人甚至人與貓與狗，皆能共處而不必要認同，可是不能認同亦將無法達致最深的溝通，而未有最深的契合，亦無能得到最深的喜悅。

三

當我移動因久站而發麻的雙腳欲繼續前行時，突然感到身心的一陣疲憊，腳步顯得滯重難於舉步；抬起頭，海口的景致已歷歷在眼前，沙洲在望，此行的目的地已在前方，而我卻感到無力邁向前去，在這靜然凝視的凸立中，我決定轉折到記憶中的西南方向的小山。

我再度攀登這山巔並未如想像中的困難。經過一番摸索和找尋，我終於又躺臥在那片青青的草地；下意識地回頭辨認友人的居室，那已離去而不知定居何方的友人的空屋，似仍留存著友人詭祕的情性，綠色不知名的植物沿著屋垣凹凸不定的外形，呈現出奇特的綠色分佈，侵吞了屋宇的絕大部份，然而那黝暗、陰森、紛雜的綠色中，卻莫名所以的冒出一枝黃色雛菊也似的幼嫩花朵，正如友人在夜間慣常撚亮的昏黃小燈一般的曖昧氣氛；我突然感覺友人似乎並未離開，仍如昔日一樣，在隱密中窺伺著我的一舉一動。

我在這斜角的坡面眺望和遐思，隔著一帶海水，沙洲靜靜地停峙在對岸，似熟稔又陌生；遠帆點點，囂噪的市鎮已在下界；登臨是如此地令人渺小而又高傲，我頓然訝異地感悟著。

我深吸著略帶草味的空氣舉目四望，尋思著友人也曾在此草坪度過無數個白晝和夜晚，想到他也有自己所獨有不為人知的祕密，如今他已遠離這方土地寄寓於異地，他是否繼續他的一貫的尋求呢？或只是在從事一種終致也要被拋棄和遺忘的事物一如過去的足跡呢？現在的我正躺臥在他過往的足跡中，而他所曾在此經驗的一切曾令他痛楚或欣悅的那些深刻感覺都已不復存在，一切有價值或無價值的也都憑空消散，那麼所謂生命的軌轍也只不過是生命一時無意中留下的仍然會消失的物事罷了。

一片白雲自眼前飄掠而過，我的視線追隨在雲後一陣子又放棄了，那雲也已變換形貌而不似原先的清幽模樣。我望向沙洲，意外地發現連沙洲景致也略微地改觀了。

日光在那些飄遊的雲霧間露出來了，可以見到它斷續顯露的喪失色澤的淡白如月的形影，像在飛奔，沙洲在這濃鬱不安的天蓋下，有如被蟬翅般的薄霧環護起來，它橫鋪在大地和海之間，我越專注的睇視它越為感覺它蠕動在隱約中如一條蟲——「啊，它不是靜止的死物！」我聽到一個興奮的聲音在喊，但心中另一個冰冷的聲音亦同時響起：「這是早經揭曉的祕密並不足奇。」

於是我冷冷地期待著，瞇著眼簾專注那似靜而動的神祕沙洲，似乎有一個預感顯示它正醞釀著一場風暴。我持續盯著白靄的沙洲景象一瞬也不瞬，專心等候，然而什麼也不曾發生。當流雲走完，我的起伏不定的思緒波紋似已被展露的溫暖日光逐一地熨平了，我的眼皮不知不覺竟開始沉重、下墜……

四

我聽到洶湧的海濤聲，然後看見自己衣衫襤褸面容憔悴地自一艘殘破的小船中走出，甫上岸，小船旋又被捲失於黑茫茫大海中，大海斷絕了我的來路，過去變得模糊不清。

呈現眼前的是一荒僻小島，島上茂密的叢林顯示一片生機，我急步向內陸行去，急欲知曉植物以外尚有何種生物在這島上生存。

穿過一些奇形怪狀的樹叢之後，我突然煞住了腳步，視線如被膠住了一般，身體僵硬不能動彈，眼前是一團相互蠕動著的裸裎軀體，激烈動盪著令人目眩神迷，腿與腿的交易，肉與肉的纏鬥……劇烈的交戰終於靜止，個體也分開而各自還原本來；於是我看清了面龐——奇怪的面龐、奇怪的形體啊！面龐又迅速地消失了，靜止無聲的我卻「哇」地一聲嘔出了腹中的穢物，腦中不斷閃過適才的圖像，我控制不住地幾乎將胃部嘔出底來……

「是不同類的面龐！是人與獸啊?!這是怎樣的地方？是人的世界，或獸的世界？」

我移步前走不到數十步，同樣的一幕再度出現：又再一幕，又一幕；人與獸、人與人；

什麼世界啊？我的心開始蠱惑，耳中傳來半人半獸的呻吟聲。我想：如果走不出這裡，我將被困於此，永遠屬於這片世界了。不同的人，不同的獸，誠然是原始的相處方式，而他們彷彿不感覺彼此之不同，那荒淫離奇的行徑卻泛溢著一種和平寧謐的氣氛。

當我正處在疑惑不置可否的當兒，一位窈窕少女的身軀前來擋在我的面前，她以微笑友善的面容看我，並以鼓勵誘導著我，我反問著她：

「為何？」

「並非如你想像。」

她說。那意思似乎是：人或獸，皆是我肉眼所見，心中所想而已。她揚眉而笑，姿態美妙非凡。

「我們只見陰與陽，萬物之根源、宇宙之本來，這裡便是生門。」她又說。

「生門？」我仍然疑惑著。

「你也許喚做死墓。」

她在言說間展臂上前欲擁抱著我來。

「啊！」

我大聲驚喊，奮力從她的圍抱中掙脫。

我跑著，極力地奔跑，腳下好似騰雲駕霧般奇幻，終於跑出了濃密的樹林看見了大海，重見大海，我猶如看到了親人般直向它投奔而去。然後，我倒臥在沙灘上，重聞一波一波海浪滾捲的韻律之聲，它們是這樣溫柔和親切的呼語，寧靜隨著低垂的夜幕而來，我任由自己闔眼沉沉地睡去。

我的意識正處在無比的靜夜之中，一輪盈滿的明月懸在海洋之上，月之光華照耀著那一波波湧上沙灘的海水，浪濤越竄越高，像興奮似地拍擊著我的雙腳，然後是浸潤著我的軀體，我任由這自然包圍著我，並且淹沒著我，而我滿足和安詳地沉睡著，猶如在母親的襁褓中。

突然我感到一陣顫慄，我舔舐到海水的鹹味，感到海水的冰冷無情，我清醒過來，發覺嘴角邊殘留著那鹹苦之味，原來不知何時，那是我在躺臥的睡夢中汨汨流下的淚水。

五

我不禁惶惑起來，想著那故事中月光下的海葬，是一個意外，或是他自己的抉擇？山風開始吹來陣陣的寒意，環顧四周，景致並未改變，小山依舊，回望友人的空屋也依然如故；我在茫茫中揣想，這是怎樣的一個恐怖荒誕的夢境，它是如此地真實，像是某種真確的曉諭。我從躺臥中坐起，用力搖頭欲甩掉剛才令我不安的夢魘。當我抬頭高望，方才舒適溫煦的陽光卻已不再，重又出現流雲飛馳的景象，只見沙洲佇立山下，被即將垂下的夜幕染上詭異淒迷之氣。

「啊！」我驚跳地嚷著。

我的前來是緣於攜著昨夜預寫好以替代遺囑的一篇墓誌銘來訪尋我自己的墓地。早先，一位備嘗艱辛的求道者，付出了他在世間所能傾出的一切，包括他的一生寶貴光陰，卻始終未能求得他心中所唯一渴盼的那點光芒——直到他已垂垂老去只剩下最後一口未嚥的不甘之氣，一日，他半臥著自床畔窗口望向屋外，注視著那臨近一方從未令他留意的土地，那真是自任何角度看都絕不起眼的小地方，突然，老人仰天哈哈大笑，隨後鼓湧出最後一絲氣力，緩緩行到那塊土地上，盤膝坐下，終於含笑閉上了他的眼睛。

有偌長的時光，我反覆咀嚼著這事件企圖捕捉它內在隱含的確切喻義，而竟沉溺於這神奇而曖昧的陷阱，墜入於輪迴式的苦惱中，為尋求解答，形成了我宿命的悲劇性格。為了索求事件的真諦，我深信那「土地之說」，終致醞釀成我以決絕的姿態出行，將自己自表面的世間放逐出境——或者，毋寧說是更積極地深入真實的世界去尋找——。而我確信是有一方且專屬於我的土地，像那長者，那是墓，也是門，一個世界之終而另一個世界之始。而我將能尋到，且安然地進入它，這於我竟漸至演成一樁生平未有的神聖使命，我感到一種莫名的興奮和冷靜之力，推湧出信心，攛掇著我前來。

是的，沙洲原來就是那荒島。沙洲的神祕只為隱藏那敗德淫亂的生活。但那少女，那令我幾乎不能守身的美麗超凡少女竟也是一個敗德的喻象？為何那荒島卻有一種寧靜圓滿之感覺，有如世外桃源。如果夢中之境即是未來世界之地，則現實世界與未來世界究竟何為清淨？何為墮落？在夢境中，我逃離了樹林、選擇了海洋，應是被迫而出於無奈，又何以當時在恐懼中卻能懷抱恩情而安詳的睡去？「死之墓，生之門，來處即是歸處。」我真是走回原本熟悉之地嗎？然而我夢寐以求的那方土地又安在？大海吞噬了我的生命亦即吞噬了我全部的希望，我竟連一方屬於自己的土地都不能擁有?!

我忽然覺得自己已無路可走，且一無所有，生而為人即注定了悽慘之命運，這竟是一樁無可挽回的悲劇嗎？我絕望地想著過去、現在和未來，它們都變得遙遠而陌生，所有的思想、一切屬於我的自信與驕傲都不再與我關聯，我的靈魂逃離了我的軀殼。

我只是一個孤獨漂泊的遊魂，
從未有來處或歸處；
永遠在試探、尋覓，
直到心灰、情滅、魂消。

我聽見自己的靈魂這樣哀訴著，又恣意地灑淚水於自己的臉龐。這面臨終結而躍跳的靈魂的不尋常舉動，使我瞭解了一直以來的被壓抑的委屈與痛楚，熱情的生命被迫要接受的絕望和幻滅，我與我的靈魂終於相惜地抱頭痛哭起來。時間已然停頓，淚與哭成為空間裡的唯一存在，這盡情的悲哭，竟成為我一生中唯一經驗的一次徹底。淚水沖刷著靈魂，滌清了我的心。我悠忽自遙遠的彼端渡回到現實情境；低黯的情緒已經宣洩，平靜了的心一片空明。

六

我從清新美麗的綠草山坡站起，拍拍衣褲，順手將袋內的遺書撕毀，我想人生誠然並非圓滿，然一意追求完美圓滿之心不亦是一種圓滿？那久來的無形壓力與束縛已在此刻解除，我旋繼振臂奮力將紙紮撒向四方，對那迷幻的沙洲注視最後的一眼，再遙望那相連接——的海和天，我毫不猶豫地轉身離開了。

環虛後記

本篇應出版的書店要求才會收錄在這本集子裡，這也使得我有追述改寫蘇永安原作〈求道〉而成為〈環虛〉的經過的機會。蘇起草〈求道〉於五年多前，然後中斷，到今年初才又接續完成，並突然擲贈予我。它約有略近中篇的規模，分成極有順序和理路的段落和小標題，文字非常暢美，由於它充滿個人的思維和悲憐的內涵，無疑地它撥動心扉般感動著我。我以為這是蘇想像著他的人生或揣度我度著的人生或甚至某些人已經行過的人生的故事。不論如何啊，蘇是那麼明確地道白著，在那篇〈求道〉的文字裡。當他一面學佛一面行醫且遠赴印度尼泊爾等地朝聖的期間，那篇作品在我的身邊逐日醞釀和變幻著，左右我的思潮和生活，我感覺一切真實和虛幻的無從分辨，逐漸與我一路來寫作的思想銜接和混合，像生命的呼吸一樣，一個簡短的形式遽然成形，而原作的優秀文體有如我們常加讚嘆的美的肉體的塑造，我不忍捨棄而珍愛地檢選並加以連綴妥切併隨玄祕的內在精神存在著。我應著某種內心的呼求，就在那暈眩下筆的一夕間撰寫完成了；題名〈環虛〉也一併產生。雖然還嫌草率，卻頗合我一口氣下處理短作的風格相致，也就不計小節地再補行修飾，任其存留我的思路的笨拙痕跡。一個作品的譜成後即已和作者斷了血脈，成為天地的獨立個體，自有其存在的時空，我影印一份給蘇，一份投給《中國時報》人間副刊。但我內心不忘這原是來自蘇長時懷就的靈感，我算是他選擇的感應者，然後成為另一個變貌的撰寫者，所以我不得不註明原作蘇永安，我是改寫者。但是，副刊為了更加簡明地使讀者不受這繁曲的過程干擾，當編輯來電詢問我道及了這篇文字的緣由時，他們也不要讀者誤會這是一篇外國翻譯過來的作品，因此屬意只在後尾註記故事由蘇提供而發表了出來。不過，我深覺蘇的蒙受委屈，但他則表露出寬涵接納的態度，並事後同意此時也收錄在這裡，一併與我的其他作品同在，好似它們都是兄弟姐妹。現在我要特別記載這件事，一面表示我對蘇的感激，一面為了道明〈求道〉的作者和〈環虛〉的我如真不具同樣的精神原素，其改寫的工作不會如此有如神助。廣言之：能夠喜愛這作品的讀者，我深信他們也有共同的原真。凡作品乃天地之物，百年後，已不再專屬於一時的作者，像遠古流來的作品，成為一種傳統，而這篇作品的題涵不也是意外地敲擊著自古以來無數人生的傳統嗎？後面的空白容我和蘇共同簽名於此，也讓擁有此書而與這篇文字共鳴的讀者互相簽名在此，但不要忘懷這原是那篇〈求道〉的文字誕生而來的。

公元一九八四年七月

七等生

蘇永安

七等生創作年表

七等生全集 08

INK PUBLISHING

銀波翅膀

作　　者　七等生
圖片提供　劉懷拙
總 編 輯　初安民
責任編輯　宋敏菁　林家鵬　施淑清　孫家琦　黃子庭　陳健瑜
美術編輯　黃昶憲　陳淑美　林麗華
校　　對　呂佳真　潘貞仁　林沁嫺

發 行 人　張書銘
出　　版　INK 印刻文學生活雜誌出版股份有限公司
新北市中和區建一路249號8樓
電話：02-22281626
傳真：02-22281598
e-mail：ink.book@msa.hinet.net
網　　址　舒讀網http://www.inksudu.com.tw

法律顧問　巨鼎博達法律事務所
施竣中律師
總 代 理　成陽出版股份有限公司
電話：03-3589000（代表號）
傳真：03-3556521
郵政劃撥　19785090　印刻文學生活雜誌出版股份有限公司
印　　刷　海王印刷事業股份有限公司

港澳總經銷　泛華發行代理有限公司
地　　址　香港新界將軍澳工業邨駿昌街7號2樓
電　　話　852-27982220
傳　　真　852-27965471
網　　址　www.gccd.com.hk

出版日期　2020年 12 月　初版
I S B N　978-986-387-376-1
978-986-387-382-2（全套）
定　　價　3870 元（套書不分售）

新匯流出版中心
贊助出版

國家圖書館出版品預行編目資料

七等生全集. 8／
銀波翅膀/七等生著 -初版. --
新北市：INK印刻文學, 2020.12 面；　公分
ISBN 978-986-387-376-1(平裝)

863.57　　109017958